你聽說過嗎?

Nara Dreamland

奈良夢幻樂園

Bon
Voyage

點子出版
IDEA PUBLICATION

「光明自黑暗中綻放，
　兩者相生相剋。」

Contents

奈良
夢幻樂園

廢墟，荒涼蕭殺，有一種別有韻味的神秘吸引力。

這次故事發生的場地我想了很久，光是在日本，已經有好幾個選擇讓我難以下決定，最後還是「奈良夢幻樂園」勝出。到過日本旅遊的人也不一定知道，奈良確實有這麼一座樂園廢墟。

無可避免地，故事中對樂園內外的環境描述與現實有些出入，可惜的是，最近幾年開始清拆工程，廢墟已不復再，大家只能從照片裡比對兩者不同之處。

夢幻樂園被廢棄，至今已有十多年時間，它保留了昔日大部分遊樂設施，經歷時代的洗刷後，變成一片生鏽掉色的頹垣敗瓦，加上雜草叢生，形成一個唏噓冷清的意境。尤其以往那是歡樂熱鬧的場所，轉眼卻已化為被大家遺棄的破地，那反差感更顯得陰沉突兀。

即使本著探險或觀光的興奮心情前往，若果在這個死寂陰森的地方遊歷期間，發生難以解釋的怪事、有人離奇失蹤，甚至發現死屍，相信任誰都不顧一切想要逃出樂園吧。然而，這刻才意識到，原來樂園是有入無出呢……？

故事就這樣往愈來愈恐怖的方向推進，不過添上一點點男主角莫名的滑稽感，希望有助減輕讀者們閱讀血腥駭人情節時的不

安感吧。

　　故事於網上連載期間，我深深感受到讀者們的熱情。雖然不少讀者會半帶嚴厲口吻地催促我快點更新，但我明白大家都只是因為想快點知道故事的發展，才會開著玩笑地「威脅」。換句話說，你們每一個留言都是大大的鼓勵，更是我繼續寫作的動力。

　　在此感激各位讀者們的支持，讓這故事能再次以實體書的形式延續。提提大家，系列的首部曲是《聖地牙哥鬼屋》，第二部曲則是這本《奈良夢幻樂園》，雖然是系列形式，可是兩者也可以分開當獨立故事來讀，所以沒讀過《鬼屋》也能看得懂這個故事的。

　　最後，感激點子出版對我的鼓勵和信任。對這類尺度或許有點大的題材，他們給予我很自由的寫作空間，卻會在適當的地方提供意見及提醒，令這故事能保留個人風格之餘，又修補了網上連載時的不足，完美了這個故事。

　　那麼事不宜遲，大家跟著主角們進入樂園吧，請各位謹記：**在翻開本小說前請好好休息，為入園後的活動保留充足體力。**

橘子綠茶

你聽說過嗎？
Nara Dreamland

奈良
夢幻樂園

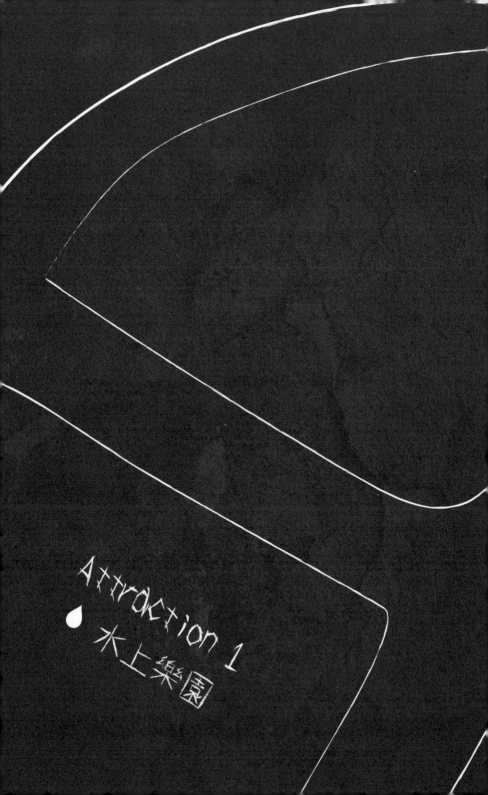

Attraction 1
水上樂園

神秘廢墟

「究、究竟……係邊個殺、殺咗佢呀？」盯看眼前死狀慘烈的屍體，我驚愕了一會兒後，以英語問出在場所有人的疑問。（下文大部分外語將自動翻譯成中文）

若果是日本懸疑電視劇的話，現在絕對會經典地逐一播出各人的瞬間反應：我身旁的美女里奈雙眼圓睜、大個子洋妞 Octivia 凝重地打量大家、日本型男翔呆滯地望著屍體、日本妹子彩香和久美子怕得抱成一團……

可惜此刻不是拍劇，我並非聰明能幹得足以擔任偵探男主角，而更重要的是，倒在我們面前，是一具不折不扣、剛死去沒多久的女屍。

我嚥了嚥口水，聲音在這死寂的現場，口水聲大得彷彿會被旁人聽見，甚至被 Octivia 視之為作賊心虛，將猜疑的目光停在我身上，說：「兇手可能喺我哋之中，Cole 你頭先……」

她會懷疑其中有人下毒手的原因無他，我們身處的環境雖不是密室殺人佈局，但也確實不似有外人存在。

這裡是日本奈良縣郊區、方圓十里被森林包圍、荒廢了十幾年的奈良夢幻樂園。由於被政府列為禁區，加上沒明確道路和路牌指示，我們沿路直到到達樂園後，都不見任何人蹤跡，四周冷

清清一片。

　　Octivia 的話未説完，久美子一臉刷白，難以置信地看著我，害
得我連忙擺擺手説：「嘟唔係我呀，我頭先一直都同里奈一齊㗎。」

　　我不自覺地後退幾步，冷不防絆到些甚麼跟蹌一步，顯得我
的「作賊心虛」更是嚴重。冤枉啊！為甚麼所有人都質疑地看著
我呢？

　　剛到夢幻樂園時，我絲毫沒想過，這個不見人影的廢墟竟會
發生兇殺案，而我竟狼狠不堪地被視為嫌疑殺人犯。

　　一切還得從今早出發去樂園前，我在咖啡店裡初次遇見里奈
那刻説起……

　　「你好呀，初次見面，請多多指教。」在咖啡店餐桌對面坐
下來的日本女生，向我展露可愛微笑，以日語打完招呼，再對服務
生點餐。晨光經落地玻璃窗照射進來，讓她的笑容更顯朝氣燦爛。

　　儘管她是白滑美女，卻不是我喜歡的類型，這當然不是逞強
話。這樣説吧，如果我是毒男，肯定會成為她的觀音兵，然而我
不是。

「Well...」我支吾，以我連入門級都稱不上的日語程度，只勉強聽得懂剛剛她打招呼的開場白，「Can you...speak in English?」

網上交易時明明説她懂英語，而且……為甚麼她長得不像照片上的人？不是改圖改得太超過那種，相反，日本女生長得相當漂亮。

冷不防她口中冒出流利的廣東話，「不如講返廣東話啦。」居然在奈良的咖啡店裡聽到日本人説廣東話？

讀出我臉上的疑惑，她盈盈笑著解説：「原本同你交易嗰個女仔唔舒服，叫我幫佢嚟呀。我係喺奈良呢度讀緊書嘅香港人，叫我里奈啦。你呢？」

可是我想認識日本妹子啊——我吞下這句心底話。

「我叫 Cole。」我有點緊張地説：「你朋友有話你知等陣會有車接我哋去嗰度，而且要熄晒手機㗎可？」

「佢有講過下，係去一個荒廢咗嘅主題樂園，地下旅行社唔想俾咁多人知確實位置喺邊，所以要咁神秘吖嘛。」她擦掉口紅，喝了一口咖啡，舉止斯文溫婉。

皺起染成啡色的眉毛，她問：「叫得做主題樂園，無理由無人知個地點㗎？」

　　奈良某處的荒廢樂園，我是看網上討論區才知道，沒公開實際地址，討論區上有提及到要旅行社帶路才找到。

　　我答道：「呢個廢墟已經有十幾年歷史喇，本來圍住佢嘅路同建築物都變晒做森林，已經無路牌或者門牌號碼嗰啲指示。而且我哋廢墟攝影有一條潛規則，就係唔可以喺網上公開地址同點去。」

　　沒錯，我是「龍友」，這次去奈良夢幻樂園便是要進行廢墟拍攝。原本有前度女朋友作模特兒，變回「單身狗」之後只能上網找兼職模特兒。

　　反而是面前這個兼職模特兒里奈，目測頂多是大學生。一個美麗女生不怕被陌生人帶去杳無人煙的地方，該說是大膽還是無腦呢？

　　彷彿猜到我的心思似的，她神情凝重地說：「提提你呀，今次去偏僻地方要額外收費。我留晒你啲個人資料畀公司㗎喇，你淨係可以影我，完全唔可以掂我，你明白我意思啦？」

　　「梗係啦。」我清清喉嚨，不禁坐得更端正。

　　「睇你斯斯文文又幾靚仔，點解唔搵埋你女朋友嚟日本，要畀錢請我嘅？」大概注意到自己問得太直接，她頓一頓，「唔一定要答㗎，唔好意思呀。」

　　我坦白道：「本身都買晒機票一齊嚟嘅，如果未散……講返正

題先，提前少少約你，其實係想畀啲相你望下，等陣想影類似咁嘅效果……」

　　過了十多分鐘，我們結賬後來到咖啡店旁的車站正門，旅行社安排在這裡接送。同行幾位團友很準時，早上八時十五分便開車出發了，旅遊小巴大小與香港十六座小巴差不多。

　　由於氣氛有點詭異，車內連司機共八人，沒有人敢開口說話。我說感覺奇怪，首先是車內的告示。除了司機位的玻璃外，全車車窗密封式地貼上黑底紅字的警告標語：

奈良夢幻樂園列為禁區，請閣下把握機會下車、取消前往樂園

政府已經把奈良夢幻樂園列為禁區，請閣下把握機會下車、取消前往樂園

　　旅行社這樣寫也太拆自己台了吧？而且告示完全覆蓋車窗，像是故意讓人看不見窗外的風景。身兼司機的日本妹子領隊更是奇怪，不是性別歧視，女人當然也可以駕車，我更正，長髮美女當然也可以駕車。

　　乍看這個撩人尤物時，我內心當然一股熱情，但細想這個人有點可疑。以我所認識，領隊一般都會穿制服吧。為甚麼她穿得如此隨便：上身白色小背心、下身牛仔短褲球鞋？

　　她那眼大下巴尖的典型美人臉，儘管對我們態度友善、笑容可掬，可是我隱約覺得她笑得有點僵硬，或者是我的錯覺吧。最過

分的是她那驕人的雙乳，說她是模特兒比領隊或司機更有說服力。

如果她沒有派發印有旅行社商標的胸章給我，還真以為她想使美人計綁架我，可是念頭一轉，我這等窮人根本沒有綁架的價值吧。話說回來，旅行社的商標也太另類了吧？鮮紅的底色上有個笑容扭曲的小丑臉。

整個不協調的安排，讓人有種說不出的不安。

開車沒多久，小背心領隊把預先錄製好的日語介紹聲帶播出，幸好有里奈作翻譯：

「早安，感謝大家選用敝社。

奈良夢幻樂園於 1961 年參照美國某主題樂園興建而成，在 2006 年因生意慘淡而結業。自此夢幻樂園成為一個充滿神秘色彩的廢墟，更被視為全球最受歡迎的三十一個廢墟之一。

不過，政府已經把這裡列為禁區，違例入園者一律被巡警拘捕，並可能負上法律責任。在此聲明，閣下需自行承擔任何室內或戶外活動人身安全之風險，敝社一律不會承擔任何法律責任。根據廢墟攝影的規則，閣下不可透露樂園地址於第三者。懇請大家把手機和其他通訊儀器關掉，直至活動結束才能開啟。

請注意，由於樂園失修多年，部分區域有倒塌或各樣危險，

到達後務必跟從領隊或園方宣佈之注意事項。否則，一切後果由閣下承擔。

　　此車程約一小時三十分鐘，請各位好好休息，為稍後活動保留體力，謝謝。」

　　「你⋯⋯肯定無翻譯錯？」我有點不好意思地問里奈。

　　她眨眨塗了睫毛液的大眼，「我諗我都講到佢七、八成意思㗎。」

　　「佢最尾嗰句怪怪地咁⋯⋯」我指出，「等陣我哋都係行兩、三個鐘左右啫，咩嘢保留體力呀？」

　　她嘟起嘴，委屈地答：「後面班日本妹好似都講緊段錄音怪怪地⋯⋯」

　　循里奈視線轉頭向後望，有三個跟我年紀相若的女生，嘰哩咕嚕在討論些甚麼。如果我懂日文就好了，全都是我喜歡的類型⋯⋯

　　把目光投向其他團友時，不小心對上一名外國女生，她友善地對我點頭微笑。金髮藍眼、身型高大且豐滿的她，散發著運動氣息，獨自一人坐著。除此之外，還有個全身黑衣的日本型男坐在最後排。

　　連同領隊、里奈和我一共八人，就此展開這次廢墟探險之旅！

立入禁止

奈良夢幻樂園不止充滿廢墟獨有的神秘感，我和里奈在拍照期間更發生了一件令人心寒的事。

話說過了大概一個半小時後，小巴轉入小道，領隊著我們在荒山野嶺的車路旁下車。舉目所見盡是樹林，果然既沒建築物也沒路牌，路上不要說行人，連車都沒有。

「呢度邊度㗎㗎？」里奈開始霸氣外露，半帶逼問小背心領隊，「起碼講個大概位置啦？」

里奈與領隊同屬可愛甜美型，不過里奈的身型比較修長纖瘦，領隊則是略矮、帶點 Baby Fat。儘管里奈比領隊高一些，可是氣勢不見得比她強。

領隊擠出活潑的笑容，實情拒答，「咪目的地附近囉，行幾步就到喇。」說罷她率先鑽進樹林裡面。

「都唔知點解旅行社會搵個女人嚟帶隊。」日本型男抱怨，不肯內進，「呢度點睇都無路行啦。」

健碩洋妞聳聳肩，邀請大家一起跟上前，「上網見人話個廢墟遠離市區，俾一大片森林包圍住，真係要行一陣山路先到嘅。」

眾人只好紛紛舉步，這段路不算好走，不時要徒手撥開、弄斷擋路的樹枝，我開始懷疑連領隊都可能認錯路。

日本妹子三人組其中一位打量四周，找不到任何能用以識別方向的記號，「可能因為咁，好少人知道夢幻樂園嘅實際位置喺邊。」

「要行幾耐㗎？好多蚊呀！」里奈瞪我，淘氣地說：「加你錢㗎，工傷呀。」

被蚊子叮哪算是工傷呀？我不禁覺得好笑。

健碩洋妞見狀說：「大約十分鐘啦。你哋係情侶？」走在她身旁，我和里奈都比她矮，里奈的身高甚至只到她的肩頭。

「唔係啦。」我答：「我叫 Cole，佢係里奈。你呢，自己一個㗎？」

「Octivia。」她說，應該是她的名字，「說來話長啦，呢一刻我係一個人。」

森林裡的昆蟲意外地多，健碩洋妞 Octivia 不像里奈般怕蟲，出神地盯著一隻飛過的蝴蝶，意味深長地笑了笑。

「估唔到喺呢度會有灰蝶，」感受到里奈好奇的注視，Octivia 笑了笑，「佢係一種好特別嘅昆蟲，成長過程好驚險，如果你有興

趣可以講多啲畀你聽呀。」

里奈禮貌地向她點點頭後，轉身對我俏皮地說：「我諗起以前中學嗰陣嘅野外考察團。」

其後各人自我介紹，日本人通常以姓氏互稱，不過他們為了迎合我們幾個外國人，所以改為以名字稱呼。日本型男的名字是翔，日本妹子三人組則有彩香、久美子和純子，在我看來三位都長得不錯，都是高質素的日本妹子。

「噓！嘈少陣啦！」整隊人閒談了十幾分鐘，翔唐突地打斷我們，示意我們跟著小背心領隊一起蹲下來。

終於走到森林的盡頭，草叢外面是一片空曠的水泥石平地，奈良夢幻樂園的正門入口正在前方。有輛黑色私家車駛過。

「嗰架車係警察巡邏隊，如果俾佢哋發現就大鑊喇。」領隊壓低聲音說：「架車駛走之後，我哋有十分鐘左右嘅拍攝時間，之後要一齊入去樂園，下一架巡邏車會喺十五分鐘後再嚟，明唔明白？」

意思是每十五分鐘駛來一次吧，現在十點正，下一更是十點十五分。以提防違法入園者的措施來說，十五分鐘一更未免太密了吧？還是日本警察太閒呢？

我想起接載小巴，問：「你頭先就咁停架車喺路邊，唔驚啲

巡邏隊發現咩？」

「佢哋唔去嗰度㗎。」領隊有點不負責任地答。

「好刺激呀！」日本妹子三人組的彩香興奮道。

「記住呀，」小背心領隊語重深長地叮囑，「一聽到我指示，大家唔准留低，要準時入去，如果唔係我救你哋唔到㗎！」

洋妞 Octivia 笑著試探問：「最多咪俾警察拉走，罰少少錢就無事啦？」

領隊無視她，對我們說：「依家！過去喇！」．

因為是參考美國某主題樂園為藍圖，夢幻樂園正門是一座小古堡設計，中間掛有寫上「Dreamland」的大招牌。憑藉剝落褪色的油漆，可以想像當時色彩斑斕的歡樂氣氛。

現在只見雜草叢生、地上豎有「立入禁止」的牌子、牆上柱子上留有塗鴉，沒人洗刷，一片充滿神秘感的蕭殺冷清。或許這正是我鍾情廢墟攝影的原因吧。

我們七位遊客當中，只有日本妹子三人組根本不是為了拍攝，頂多用手機來自拍一下，看來是為了好玩的心態而來。

期間日本型男翔不斷吹噓自己得過無數攝影獎，又暗示日本妹子三人組的攝影器材太差，一點都不尊重場合。這到底是日本

大男人主義，還是翔本身就討人厭呢？

大約十分鐘過後，小背心領隊指示大家，往圍在正門前的木板移動，她摸索了一番，推開其中一塊木板的下半截，洞口很細小，只能彎著腰走過。

「一個一個過去啦，唔好再留喺度喇。」她淺淺笑著說，眼底閃過一絲冷酷。

我看錯了嗎？我搖搖頭跟大家逐一爬過去。

不曉得是否知道巡邏隊還未會過來，日本妹子三人組的純子仍陶醉於自拍世界裡，忘我地與「立入禁止」的牌子合照，連領隊與友人焦急地催促也渾然不理。

「喂呀，成村人等佢一個呀大佬。」里奈氣鼓鼓的樣子看起來蠻有趣。

「唔好意思呀咁多位，純子成日都係咁㗎，失禮晒。」彩香紅著臉地替純子向我們道歉。

擾攘一輪，全部人終於順利在巡邏隊發現前入園，小背心領隊把木板重新蓋好的一刹，車子的引擎聲自外面傳來。

好險！

首先映入眼簾的是貼在木板背後，很大一張紅字的日語警告告示。

「大概係警告我哋，」Octivia 問里奈上面的意思，里奈翻譯說：「呢度係禁區，入園者等同犯咗重罪，一律會受到嚴重懲罰，後果自負。依家係我哋離開嘅最後機會，請好好三思。」

日本妹子三人組的久美子擔憂說：「寫到好嚴重咁，不如我哋出返去啦，反正都影咗門口，用嚟打卡夠晒啦。」

「吓，嚟之前都預咗係咁神秘㗎啦。」里奈直率道。

翔的雙眼巡視了三人組一圈，喃喃道：「通常啲恐佈片開頭都係咁，啲人唔會理，然後會陸續死晒……」

陰氣籠罩

純子被翔嚇倒了，拉著久美子的手說：「我都想走呀，一齊吖。」

看見翔轉身暗暗竊笑，我才意識到他是故意作弄她們。

「唔好嚇人哋啦！」里奈見狀馬上責罵翔，又安撫日本妹子三人組，「邊有咁多鬼怪吖，佢玩你哋咋。」

「你哋嚟到人哋國家就尊重啲！」翔不滿里奈兜他。

里奈不甘示弱,「咁唔該你都尊重下大家啦。」嗯,這時的里奈開始展露女中豪傑的氣度。

「大家一人一張,」這時小背心領隊打斷大家,邊說邊派發黑白影印紙,「呢張係當時樂園嘅地圖,我哋首先會喺中間呢度自由活動,然後一齊去另一區。」

整座樂園面積呈圓形,樂園正中央劃了一個十字,是一條商店街,裡面有地標古堡和噴水池等。這條十字形的商店街,將樂園劃分成四個遊玩區,由正門順時針起計,分別是水上樂園區、動物園區、鬼屋區和機動遊戲區。

剛剛小背心領隊說的第一站正是商店街,她正色地提醒我們,「盡量唔好入室內,更加唔好行上一樓以上,建築物已經好舊喇,會有倒塌危機。」她伸手示意大家可以隨意走動,「如果大家未收到指示,千祈唔好去其他區,因為每區都有危險,到時我會逐一講注意事項畀大家知。」

「依家係十點十五分,十分鐘後喺返呢度集合。」最後她神情凝重地補充,「如無意外,成個遊歷過程大約三個鐘,集合地點一樣都係呢度,即係一點十五分要再返嚟正門呢度。」

我趕緊帶著里奈跑到較遠的玩具店,網上很多人把它當成標誌般拍照,貪其夠殘舊,充滿世界末日的感覺。

商店街的店舖和設施大多生鏽破損，大部分物品都七零八落，散遍各處。昔日員工在關閉樂園時把雜物留下，懶得清理，讓它們伴隨樂園一同經過時間洗刷，使當時的情況「原汁原味」地呈現，這也是這座夢幻樂園聞名的原因。

店舖的屋頂上聚集了一群烏鴉，淒厲地呀呀鳴叫，使氣氛更顯肅殺凜冽。玩具店門外長了不少有半個人身高的雜草擋著，我們只好撥開進入。里奈穿著短裙，露出纖細的小腿，甚至被野草刮出幾道紅痕。

走進店裡，即使外面正值七月的陽光普照，室內卻因陽光照射不到又沒有人氣，異常地清涼。再加上沒燈光照明，愈走得更深入愈有陰森的感覺。

對上一次有這種感覺，是在台灣出名鬧鬼的國宅探險時，看到地上唐突地出現一隻紅色繡花鞋……

這時忽然有人大力拍一下我的肩膀！

「嘩！」嚇了一跳，回頭看原來是里奈。

她的表情不似是惡作劇，眨了眨大眼緊張問：「喂！今日除咗我哋，係咪有其他旅行團會嚟㗎？」

「有都唔奇啦，人人都嚟得嘅。」我說：「不過樂園外面除咗我

哋架車，無其他車。沿路唔見有人，入到嚟又聽唔到有其他人聲⋯⋯」

「我頭先見到有人企喺古堡上面呀！」她蒼白的臉不像是裝出來，剛才還龍精虎猛。

我們的位置跟古堡很接近，會看見古堡有人並不奇怪，但站在上面？！

我吞了吞口水，「點會呀，係人都知啲建築物係危樓嚟㗎啦，唔驚死咩？」古堡起碼有六至七層樓高吧。

「唔係呢，你出嚟望下啦！」她拉著我的手臂，急急往外走。她的手很冰冷。

被她拖到店外看，古堡上一個人影都沒有。里奈有點激動地指向古堡的高層，「就係左邊呢個尖塔頂，有人企喺度，而、而且⋯⋯」

「咩嘢呢？」我有點不耐煩地回到玩具店內，調侃她，「你係咪睇戲睇得多呀？」

「唔係呀！」她急得漲紅了臉，扯高嗓子說：「佢仲戴住個笑得好恐佈嘅面具㗎呀！真㗎！」

正當我想取笑她時，玩具店最內裡倏地響起，某種玩具啟動後的童謠音樂。

玩具可能因為零件壞掉，發出詭異、變了調的旋律，配合幽暗的環境，一股涼氣自背後竄遍全身！

離奇失蹤

旅行社奇怪的安排、荒涼廢墟裡憑空出現的人、陰森玩具店裡突然響起變調的音樂……種種詭異嚇得我整個人呆若木雞。

里奈比我先反應過來，大膽地走進玩具店更裡面尋找音樂來源。

為免顯得太不濟，我只好忍著不說「唔好去呀，實舐嘢㗎」，硬著頭皮跟上。愈接近聲音出處，音樂愈見大聲。

「哈哈哈！」里奈驀地止步、捧腹大笑，「嚇得我吖！仲以為咩嘢㗎！」

在店裡幽暗的角落處，竟然有一個長人臉的小火車玩具被擱在地上，發出奇怪的聲音。大概因為想起網上流傳小火車的惡搞照片，我也跟著抿嘴笑。

「但、但係……」猛然一個轉念，我的嘴唇有點發抖，「呢件玩具咁新淨，點睇都唔似擺咗喺度好耐喎……」

她收起單純的甜美笑容，問：「你意思係有人嚟過擺低佢喺度？」

我點點頭，「而且無啦啦件玩具點會自己識響呀……」

彷彿要回應我的話一樣，音樂毫無先兆地戛然終止，不再響起。這說明了玩具並不是因為零件壞掉而間歇響起，而是要手動按鍵才會播放音樂。

換言之，有人來過。可是玩具店只有一個出入口，剛剛正被我們堵住，如果有人離開一定要經過我們……我的身體不由自主地抖了一抖。

「吓？」里奈一愕，「呀，差唔多夠鐘喇，我哋早少少返去集合地點先啦。」

她道出我的計劃：既然解釋不了這帶點滑稽卻很詭異的小火車，我們只好逃之夭夭。

「你哋無事嘛？面色咁差嘅。」十點二十五分回到集合地點，彩香探頭問我和里奈。

「頭先……」我想說出剛剛的事。
「無咩事。」里奈打斷我，指著純子的手機轉移話題問：「咦，呢度邊度嚟㗎？」看來她考慮到其他人的心情，不想嚇怕她們。

純子的手機上有泳池的照片，剛才明明沒看見。

「好喇，」領隊嘴角泛起朝氣的笑容，帶我們移動，「齊人咁我哋可以去下一站，亦即第一個遊樂區——水上樂園喇。」她領頭走在最前面，擺動玲瓏有緻的身體，輕哼著舉步。以日本人敬業的態度來說，她未免顯得有點輕佻吧，完全沒有初見時的客氣謙恭。

「哦，」純子吐吐舌答里奈，「頭先行下行下，行咗去水上樂園嗰度，咪順手影下囉。」

其實夢幻樂園面積不大，看起來跟香港某主題樂園差不多，我們走了幾步就到水上樂園範圍，純粹是地板和裝潢不同風格，才讓人有來到另一區的感覺。

區內遊玩設施相當多元化，三條超長滑水梯、游泳池、類似燈光秀的水池等等，可以幻想到樂園仍在營運當時，穿著泳衣的大人和小朋友雀躍地跑來跑去那熱鬧光景。

可惜人們的心裡已有了其他主題樂園，早已把這裡忘得乾乾淨淨。風光過後遺下來的，只剩下頹垣敗瓦。

「點解個個池都咁滿水嘅？仲以為會乾晒塘。」Octivia 自言自語。

「可能呢度夜晚仲有人會嚟玩呢……」翔再次惡作劇地說。

經歷過詭異小火車事件，里奈像是自我安慰地試圖解釋說：

「又亂講！你望下啲池水先啦，咁混濁又生晒水草咁，應該係落大雨嗰陣儲起咗啲水啫！」

「呀！」久美子突然尖叫一聲，指向遠處的人工湖，所有人隨即看過去。

面朝我們站在人工湖旁，有一個手拿斧頭的面具人，他戴上那種笑得嘴巴扭曲的小丑面具，跟我們的團章有點相似。

「喂！嗨！」Octivia 大叫並向他邁步。洋妞果然不同凡響。

領隊出手拉住 Octivia，帶點斥責説：「唔好騷擾人哋啦。」

小丑無視我們，轉身往反方向跑走。搞甚麼鬼啊……

「呢度好多呢類遊客。」領隊語調慵懶地解釋道，Octivia 不滿被她阻止，無聲地瞪著她。

「都唔會拎斧頭，又戴啲咁嘅面具啩？」純子面露不安。

我壓低聲音問里奈：「頭先你見到古堡上面嗰個，係咪呢個人？」

里奈遲疑地答：「戴嘅面具唔同，唔肯定係咪同一個人。」

「唔通頭先個火車玩具係佢擺低嘅？」我嘗試尋找一點蛛絲

馬跡。

「鬼知咩。」里奈聳聳肩，湊近我說：「唔知點解，我覺得呢個樂園有啲唔妥，但又講唔出係咩。」

「佢著成咁，可能想影啲特別效果嘅相啫，」久美子安慰純子，擺擺手說：「唔好諗咁多啦。」

小背心領隊簡單講解一下後，自由活動時間再次開始，這次也是十分鐘，她指向高高的滑水梯頂，笑盈盈地說：「一定要上最頂嗰度影相呀，個 View 好正㗎。」甚至在「一定」二字加強語氣地說。

水上樂園沒特別的拍攝點，大家從滑水梯下來後，我和里奈刻意避開人工湖到處亂逛，遇見有靈感的位置便停下來。走走停停，我們不經不覺來到了盡頭，看見一個大型水池，周圍被樹木包圍，一股濃烈的腐臭味令我們頓足。

「咩嚟㗎？」里奈搯緊鼻頭，一臉厭惡地問。

猜不到大池昔日是甚麼用途，它跟其他水池不一樣，裝滿的並不是混濁的水，而是不知名的紅色液體！更奇怪的是，裡面飄浮著無數件破爛的衣物和鞋子，也有些破舊的手袋背包，簡直就像舊衣回收站的災難現場。

　　我摀住口鼻猜測說：「似係垃圾池咁呀，會唔會係當時附近啲居民唔知將啲舊衫掉去邊好，所以全部運晒入嚟放喺度呢？」

　　里奈不敢走近細看，不可置信地望向我問：「唔會山長水遠運入嚟啦，而且點會咁臭呀？」

　　衣物滿佈池面，因此不確定池底還有沒有其他東西。我搖搖頭說：「可能關啲紅色水事？會唔會係某種工業排放嘅污水之類？」

　　等不及里奈的回應，我迅速拉她往一旁蹲下來，悄聲說：「噓。你望下嗰邊，有人行緊出嚟呀。」

　　我指向大池另一端，有人從樹間竄出來，樂園的怪異感告訴我此刻最好不要讓對方發現，里奈也感受到那人的危險氣場，靠近我不敢作聲。

　　那人戴著防毒面具，披上軍裝迷彩的斗篷，拖著一個大袋，把東西傾倒到大池後，便默默鑽回樹林間消失。

　　片刻後，里奈才開口，「Cole……你都見到佢倒咗咩落去嚟可？」

　　我也沒有任何頭緒，坦言道：「見到呀，咪都係啲衫褲鞋襪，做乜要倒落呢度呢？」

　　她側側頭，露出慌亂的神色，「重點係，佢係咩人，做乜嚟

呢度倒衫?」

不曉得為何,這邊的空氣特別冷颼颼,反正差不多到了集合時間,我壓下心底的不安道:「唔知呀,我哋返去先啦。」

我和里奈回到集合地點後,得知我們當中,居然有兩個人失蹤了。是小背心領隊和日本妹子三人組的純子。

要知道守時恍如日本人與生俱來的天性一樣,我們足足多等了十幾分鐘還不見人,久美子和彩香開始由不好意思變為擔憂了。

彩香幾乎要哭地說:「頭先我哋仲話要上去滑水梯度影相,轉個頭就唔見咗佢喇。」

久美子來回走動,附和道:「以為佢返嚟呢度先,你哋真係見唔到佢?」

Octivia 望望眾人反應,提議說:「不如開手機打畀佢啦?」

「但領隊又話唔可以開手機嘅。」里奈猶豫不決。
「依家緊急關頭,而且連領隊都唔知行咗去邊……」我率先掏出手機。

只不過,全部人的手機均接收不到訊號。

首名死者

對都市人來說，遇上沒帶手機、手機沒電或收不到訊號之類的情況時，非常沒有安全感，尤其是身邊有人離奇消失了。

里奈強撐起帶點苦澀的笑容安撫大家，「應該係因為離城市太遠，所以先收唔到啫。」

「企喺度都唔係辦法，」我提議，「不如大家分散去搵佢哋啦。」

彩香鄭重地向我們半彎下腰，「唔好意思呀，打擾到你哋。」

神情用不著如此凝重吧，我猜，小背心領隊頂多躲起來偷懶、日本妹子只顧東逛西逛，誤了集合時間罷了。

不過，Octivia 直截了當的一句話，讓眾人陡然怔一怔。「會唔會係，」Octivia 喃喃道：「佢哋俾頭先個小丑捉走咗喫⋯⋯」

「黐𡃶線啦死鬼婆，」翔露出鄙夷的表情，不客氣地罵道：「嚇鬼咩。」

里奈幫腔道：「明明嚇人嗰個係你，Octivia 都係擔心大家有危險啫。」

「唔怕一萬，最怕萬一，」經 Octivia 這麼一提，我立即叫

停大家,「不如咁啦,我哋兩個人一組去搵啦,唔好單獨行動喇。」

臨分開前,里奈拍拍彩香和久美子的肩膀,安慰說:「唔好咁擔心啦,純子可能行遠咗所以返唔切嚟啫。」

我和里奈理所當然地成為一組,負責游泳池區。搜索完更衣室和淋浴間後,我們來到室外游泳池,一前一後繞著泳池行。

里奈走在我前面,以戒備的目光注視泳池,「你睇下啲水濁到完全望唔到底,用嚟拍怪獸、異形電影最啱,裡面一定會跳隻勁嘢出嚟。」

我隨即遠離泳池一些,附和道:「經過頭先幾單嘢,仲有人行行下唔見咗,依家有異形彈出嚟真係唔出奇。」

她愕然站停,回頭對我說:「唔好意思呀,我見你咁靜先求其搵嘢講下咋嘑,唔係有心嚇你。」

起初還以為里奈是典型的無腦美女,相處過才感到她雖然表面大剌剌,其實蠻會觀察和關心別人。

她焦急的樣子有點滑稽,我打趣問:「你嘅潛台詞係咪想講,睇唔出我咁細膽呀?」

里奈沒回答,似在迴避我的問題,將視線飄向左後方,忽然

驚呼：「Cole 你睇！小食亭嗰邊！」

游泳池附近的小食亭外，坐了一個人。

殘破的木椅上，有人癱軟地靠在椅背坐著。他戴著毛茸茸的卡通熊頭套，一身衣衫不整的啡色探險家打扮，本來應該是樂園的工作人員或佈置，卻讓人有一種怪異的突兀感覺。

一開始還以為那是人，走近一看才察覺那或許是個人型玩偶。鑑於那東西穿了長衫長褲又戴皮手套，身上完全沒有外露的皮膚，但卻是真人一比一尺寸，難以分辨那是真人還是玩偶。

而且不曉得誰這樣惡趣味，拿佈置用的粗麻繩把他綑綁起來，還纏住脖子吊上小食亭屋頂，使他不至於倒在地上……

「喂，你揭開個頭套睇下吖。」里奈用幾乎是命令的語氣説。「點解呀？！」我啞然。

她愈説愈小聲，「我擔心，萬一有人捉咗領隊或者純子再綁佢喺度……」

又確實不無道理，只要弄暈她們其中一個丟到這裡，便可以讓她乖乖地癱坐下來。不過，怎麼可能呢？哈哈哈……

「一定係公仔嚟㗎啦！」我吞吞口水，鼓起勇氣上前。儘管

怎麼看里奈都比我大膽，我仍努力忍下叫她去揭的衝動。

嗯，沒事的沒事的，那東西一動不動，一定是玩偶而已。伸出雙手，逞強地觸碰公仔頭套一刻，我的心臟劇烈跳動。真的要揭開嗎？我開始有點後悔⋯⋯

「Cole，開咗未呀？」里奈躲在我身後，聲音小如蚊子。
「未呀⋯⋯會唔會⋯⋯一打開佢會彈起身㗎？」腦內上演多個突發場面。忽然靈機一觸，我説：「我摸下佢個身咪得囉，唔一定玩到咁激嘅。」

隨即我碰碰它的手臂，冷冰冰感受不到人體那種溫度，而且硬綁綁不像肉體。我開心地朗聲説：「哦！假㗎假㗎！嘿嘿！」

在我們鬆一口氣的同時，遠處乍然傳來女人的尖叫聲！

「呀！！！」似乎是滑水梯那邊。
「我哋過去睇下！」里奈轉身拔足奔去，我連忙跟在身後。

走了一段距離，我忽地有個奇想！

如果⋯⋯剛才那個硬綁又冰冷的怪東西不是玩偶，而是一具屍體呢？我下意識回頭再看看小食亭那邊，殊不知⋯⋯

「嘩！」我狼狽地走音大叫：「里、里奈！」

小食亭外木椅上的「人」不見了！只剩下粗麻繩散落一地！

「點會咁㗎？」里奈倏地止步，整張臉寫滿驚恐。

我的眼球快速轉動，把整個空間掃視一遍，試圖尋找任何人或玩偶的去向。

「我哋過去睇下咩事先，之後先跑去滑水梯嗰邊啦。」她也按捺不住好奇心。

我們才離開一分鐘不到，怎麼可能這麼快就把玩偶移開（或他自己跑走？），我們當然想查個究竟。

「其實會唔會係啲整蠱人嘅綜藝節目咋？你知日本呢度好興㗎啦，哈哈。」我乾笑著搔搔頭，嘗試問。玩偶也好，詭異小火車也好，又沒聽說過夢幻樂園鬧鬼的故事，怎麼可能接二連三地遇到怪事？

里奈正想開口回答之際，又有一件難以解釋的事發生了！忽然間，全場設施和機器驀然同時啟動！

噴水池噴出污濁的黃水、路旁那笑容本身已經奇怪的八爪魚人偶向我們機械式的揮手、各種機器運作的雜聲遍廢墟……喇叭甚至大聲地播出樂園獨有的歡樂背景音樂，只是與詭異小火車那時一樣，音樂都變調了。

「到、到底……咩事呀！？」我不禁自問。

「呢度點會有電㗎？」里奈與我一樣迷惘，左右顧盼，「而且邊個走去開總制呀？」

謎團一個接一個……

「都係唔好理個公仔喇，同佢哋集合咗先，人多安全啲。」我帶頭跑向滑水梯那處。

意想不到的是，滑水梯那邊發生的事讓人更震驚。

眾人比我和里奈提早到達現場，包括 Octivia、翔、久美子和彩香，他們圍在滑水梯底的水池邊爭論著甚麼。我和里奈愈接近愈感到氣氛不對，首先是久美子歇斯底里地痛哭，其他人則是面色蒼白地盯著水池下面。

「你哋唔好望住，」Octivia 緊張地對我和里奈說，以身阻擋我們，「聽我講先。」

甚麼事情啊——我心想。人類總是擋不住好奇心，我們越過 Octivia 走到他們當中，朝水池中央看去。水池不像其他設施般呈滿水的狀態，反倒乾塘了。

然後，我整個人頓時僵住了。

乾涸的水池地面上，有一位靜止不動的女子躺在血泊。最恐
怖的是她的死狀：手腳扭成不自然的角度、整張臉痛苦得皺成一團、
嘴巴誇張地撐得大大，而眼睛卻佈滿血絲、狠狠地瞪向半空中。

對上一次我「見」過如此恐怖的女人，是在一套有關驅魔的
電影。然而……現在擺在我眼前的，是該死的現實！

奪命滑水梯

我沒預料，眾人再度集合時，居然發現純子這令人毛骨悚然
的屍體！

我未見過屍體，不曉得死亡時間這麼短，純子的表情為甚麼
還能僵硬得保持死前那一瞬間。只覺得，死亡那一剎驚人的疼痛，
彷彿永久凝結在她身上。

「佢身上嘅傷口太多，應該係失血而死。」Octivia 垂下眼，
轉頭注視純子的屍體，「我哋發現佢無耐，你哋就趕到喇。」

「點解會咁㗎！？」久美子與彩香雙雙抱頭痛哭。
「你哋睇，」翔跳下水池，站在其中一條滑水梯底，指著滑
梯口說：「呢度都有血呀。」

離滑梯口不遠，與純子的屍體之間有血路，而梯口也有血跡。

　　我鎮靜下來，試著問：「咁即係話，純子係喺滑水梯度跌出嚟而死？」

　　「好地地點會咁貪玩爬入去滑水梯呀？」里奈跟著跳下池，臉上略有慍色問。

　　Octivia 也加入他們，湊近純子的屍體查看傷口，不得不佩服她的膽量。她指出：「唔係擦傷或者扭傷而死，咁多血，似係刀傷！」

　　我們不是法醫官，不過純子身上確實有不少刀傷。

　　翔難得的正經，一額冷汗地問：「所以，有人用刀插死佢，再將佢條屍由滑水梯上面瀡落嚟？」

　　全場人即時噤聲。這代表樂園廢墟這裡有殺人兇手！除了手法兇殘，還是……

　　「變態！」里奈緊握拳頭，忿忿道：「嗰條友黐線㗎？佢殺人都唔夠，仲要玩純子條屍？」

　　Octivia 皺著眉，徘徊在三條滑水梯底，「但如果係謀殺，照計純子一定痛到大叫㗎。呢度咁靜，我哋無理由聽唔到㗎？」

　　「咁有好多方法塞住佢把口嘅。」我推測，「我反而有樣嘢諗唔明……」

「係咩嘢呢？」她站定，疑惑地上下打量我。

「我哋咁多人，點解兇手偏偏揀個最多人嘅組合落手呢？」
我問：「照計單人組嘅翔或者 Octivia 會易啲落手㗎。」

被點名的翔雙眼閃過一絲懼怕，生氣罵道：「喂你講乜撚嘢呀！」

里奈瞪了翔一眼，替我說話：「Cole 咁講又唔係錯嘅……」

見說不過我們，翔指著久美子和彩香，厲聲質問：「喂係咪你
哋個朋友得罪咗唔知邊撚個，俾人買兇殺咗呀？」

彩香紅著雙眼，上前喝道：「唔好亂講嘢呀！」

「咁依家……」久美子帶著哭腔問：「我哋應該點算呀？」
「梗係走啦！有個變態殺人犯喺我哋附近喎！」Octivia 爬上
水池說。

「唔得！」哭泣中的彩香聽到有殺人犯時，反應很激動地說：
「佢一定喺出口附近埋伏我哋㗎！」

「我想講……」里奈輕聲說，眾人把目光投到她身上，她怯
怯地問：「領隊會唔會俾兇手捉走咗呢？」

自己的安危都顧不了，她還有心思去擔心別人。

翔再次發揮口不擇言的技能，嘴角彎起邪惡的弧度，「或者，領隊本身就係嗰個仆街殺人犯。」

我當下怔一怔，「講開又講，其實旅行社成個安排都怪怪地。會唔會佢哋明知呢度有殺人犯，都送我哋入嚟呢？」

聽見我們的討論，彩香「嗚呀」一聲，令自己的哭聲更加吵耳煩人。

「哦！」Octivia 無視她，豎起手指說：「所以頭先領隊叫我哋唔好理企喺湖隔籬嗰個小丑！」

「即係小丑同領隊係同黨？點解佢哋要咁做呀？」里奈問完又想到甚麼似的，一臉刷白，「萬一……萬一領隊真係俾人捉走咗，咁仲有一個可能性……」她吞吐地沒說下去，大家都聽得出若有所指，沉默下來。

「究、究竟……係邊個殺、殺咗佢呀？」我驚愕了一會兒後，問出在場所有人的疑問。

我嚥了嚥口水，聲音在這死寂的現場，口水聲大得彷彿會被旁人聽見，甚至被 Octivia 視之為作賊心虛，她替里奈接下去說：「兇手可能喺我哋之中，Cole 你頭先……」

Octivia 的話未說完，久美子一臉刷白，難以置信地看著我，害

得我連忙擺擺手説：「嗱唔係我呀，我頭先一直都同里奈一齊㗎。」

我不自覺地後退幾步，冷不防絆到些甚麼跟蹌一步，顯得我的「作賊心虛」更是嚴重。

「其實唔可以淨係懷疑 Cole，」彷彿要支持我一樣，里奈爬上水池站到我身邊，往他們投以猜忌的目光，「呢度個個都有嫌疑。」

彩香首先發難，大力推了翔一把，「係你！自由時間一開始，你就唔知走咗去邊！」

「你條八婆！」翔的臉頰漲紅了，手指來回指向大家，「邊、邊個話兜手得一個人㗎，唔好話你同久美子賊喊捉賊！」

眾人開始七嘴八舌起來，Octivia 見狀，上前站在我們中央，大喝一聲：「各位！聽我講！」比起我們，她是最冷靜的一個，目光鋭利地説：「我覺得我哋當務之急係要走人。」語氣帶有不容反對的肯定。

她説得對，又不是甚麼推理劇集，真兇是誰丟給警察去查就好，現在最重要的是保護我們自身安全。

久美子憂慮地瞄瞄池上的屍體，問：「咁純子……條屍點算呀？」

翔雙手交叉放在胸前，冷冷答道：「你想好好埋葬佢就唔該你

自己一個人好喇,我走先。」

「咁啦,我哋出咗去打電話報警先,其他嘢等安全先搞。」
Octivia 飛快地指示道。

少數服從多數下,我們一行人急急向樂園唯一的出入口,即
正門趕去。不料未到達商店街,就在水上樂園裡的表演噴水池前,
突然冒出一群人擋住去路。

一群戴住不同面具,手持各樣武器的神秘人!

奈良
夢幻樂團

你聽說過嗎？

Nara Dreamland

奈良

夢幻樂園

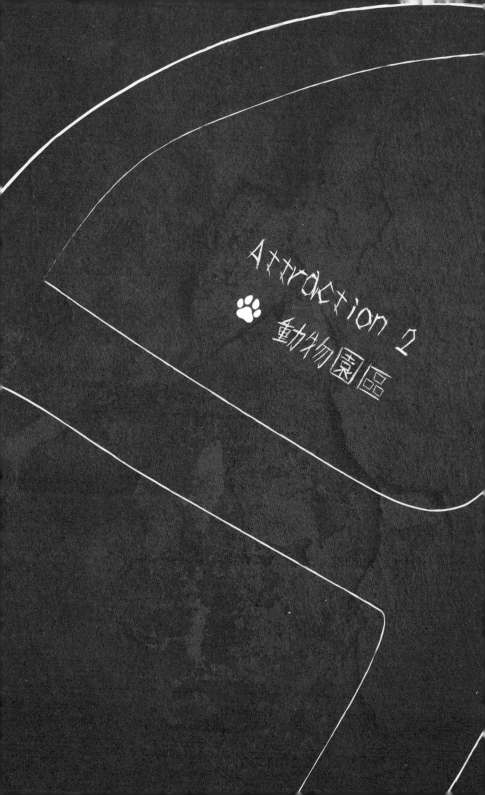

逃亡計劃

眼前這班面具人大概有十來個,手上各拿著不同武器,包括利刀和木棒等,憑外型能辨出當中有男有女。

來者不善。

園內走音的背景音樂戛然停止,換來一把似曾相識的女聲,朗聲說:「歡迎嚟到夢幻樂園!」

那些面具人逐漸向我們逼近。

「我係大家親愛嘅領隊,或者叫返我個名,天韻啦。」她透過喇叭,語氣歡愉地說:「無錯,你哋估中咗,我哋係有心安排你哋入嚟玩。」

人數較少且沒有武器的我們不敢硬碰,只好節節後退,與正門的距離愈拉愈遠。

「不過,」她發出刺耳的笑聲,「係嚟俾人玩。」

面具人哄堂大笑,我開始有點混亂。

里奈試著問他們:「你哋係咪整蠱節目呀?」

　　對，一切都只是惡作劇。純子「屍體」上的傷是特技化妝、
面前這班人手上的全是道具……

　　以為可以從惡夢醒來，怎料現在才是惡夢的開始。面具人們
互看一眼，最接近里奈的面具人踏前一步，毫無警告下霍地一揮
手上的刀，里奈下意識伸手擋刀，左手正正被刀劃過！

　　不是道具！血花霎時自她的手臂爆開，灑遍周邊！

　　「呀！嗚呀！」她痛得抱著左手慘叫，跟蹌一下，差點跌倒。

　　他們不是鬧著玩！他們真的攻擊我們！

　　「快撚啲走啦！」翔率先轉身往水上樂園跑回去，Octivia 和
彩香跟在後面。

　　「里奈！」Octivia 焦急喊道：「雖然唔知咩事，但走咗先
算啦！」

　　面具人準備要砍下第二刀，里奈看似未回魂，只張開口愣在
原地。

　　「走呀！里奈！」我伸手抓著里奈沒受傷的右手，一把拉她
跟在翔他們身後拼命跑。只是我跑得不夠快，緊追不放的面具人
奮力把刀一刺，刺傷我的後背！

靠！一陣劇痛蔓延全身！

「哇哈哈哈！」刺中我的人居然爆笑起來。

我極力強忍痛楚加速往前跑，這下我深深體會到：他們會要了我的命！

經過水上樂園，翔他們沒有停步，繼續再往前方另一個園區跑，印象中應該是動物園區。Octivia越過翔，帶頭引領我們，「呢度太開揚喇，我哋去前少少搵個地方匿埋先！」

踏入動物園區，到處也是生鏽破損的鐵籠和鐵絲網，裡面的動物當然早已不在。我們六人跑進爬蟲科展覽館內，躲在一間疑似是昔日的員工休息室中，面具人好像跟丟了，沒有進來。

瘋狂快跑加上身負重傷，我喘氣大作地倒在一角，彩香找到陳舊的急救箱，用裡面的繃帶幫我和里奈包紮，「無辦法，勉強用住先啦。」

由於看不到背傷，我發冷抖著身體，虛弱問道：「係咪流好多血……我係咪……無得救㗎喇？」

Octivia竟然在這個節骨眼笑出來，「你係流緊血，不過睇落去個傷口唔係好深囉！里奈反而嚴重過你。」

　　甚麼？我伸手摸摸後背，確實沒有出血很多的樣子，頓時為自己的窩囊感到很尷尬。

　　里奈彷似回過神來，聲音平穩地說：「放心，我無事。」說罷她揚揚已包紮好的手臂，示意刀傷很淺。

　　翔瞥了我一眼，不留情地吐槽說：「屌，少少痛忍下啦！依家最重要係拿拿臨走出去呀！」

　　久美子雙手顫抖著，口齒不清地問：「頭先嗰班人……係咩人嚟㗎……點解……」

　　記得剛剛小背心……天韻說，我們入園是「俾人玩」，相反，面具人則是「玩」我們的一方。所謂的「玩」，到底是甚麼一回事？我腦海登時閃過發現純子屍體的畫面。她的死狀如此恐怖，難道正是被「玩」成這樣？

　　不消說，我們推測的變態殺人犯，正是他們其中一個。不，或者是他們全部人！

　　「屌！我都話條女怪怪地㗎啦，」翔氣憤地踢翻椅子，抓亂自己的頭髮，罵道：「好地地點會叫條女出嚟接客㗎！」

　　Octivia唐突地站起來，緊握拳頭正色道：「我哋一定要諗辦法出去，如果唔係就永遠都出唔到去！」不用明言，大家也明白她

指的是我們會被殺清光。

久美子聽見又哭起上來，猛問彩香：「點算呀？點好呀？」

里奈的嘴唇蒼白，疑惑問：「好地地點解會揀我哋入嚟呢？點睇我哋都唔會有共同仇人吖？」我們一行七人分別來自不同國家，里奈更是偶然頂替朋友才會入園的。

她摸摸下巴，大眼浮過一絲光采，「會唔會佢哋唔係想殺人呢？天韻話我哋係俾人『玩』啫，無講明係點玩呀。」

這種情況，幸好有個樂觀的人緩和一下氣氛，不然個個都哭哭啼啼，可真是煩人。

翔走到 Octivia 身旁，雙手拍在桌上說：「鬼婆講得啱，我哋出咗去先講！」

消極的彩香馬上面色一沉，「但係正門俾班變態佬擋住，點出去呀？」

「我有個提議，」我戰戰兢兢地舉起手，「雖然成個樂園得一個出入口，不過我哋唔一定要喺正門出去㗎。」

翔不耐煩地皺起眉頭，「有屁就快撚啲放啦仆街！」

出事前我已經看不順眼翔，現在的他十分鼓譟，更是討人厭。

聰明的里奈白了翔一眼，問我道：「你意思係爬圍欄出去？咁高點爬上去呀？」

我掏出天韻派給我們的地圖，放在桌上攤開，眾人圍過來後我說：「樂園入面有幾座建築物，都係起喺樂園嘅邊緣，亦即係挨住個圍欄，我哋可以去上天台度睇下有無辦法爬出去。」

Octivia雙眼燃起希望，鼓勵大家說：「咁又係，如果天台同圍欄夠近，我哋可以跳到出去！」

久美子重拾心情，擦了擦眼淚，參與計劃，「咁大家搵下有無麻繩或者長喉之類，到時游繩而下就唔會跌傷！」

「之不過，」麻煩人翔不看地圖，質疑我問：「動物園區呢度，有無符合要求嘅建築物先？」

「我唔想出去呀！」意識到要離開展覽館，彩香再次陷入恐慌，「出去可能隨時遇到班變態佬，俾佢哋發現就死梗喇！」

很無奈，現實不像拍電影般有這麼多巧合和剛好，我們現在身處的爬蟲科展覽館並不符合條件。

「呢度，」我指著地圖上看起來距離不遠的海洋館，「就係我

咁要去嘅地方。」

圍欄外面

我們躡手躡腳地準備踏出展覽館時，冷不防樂園內的揚聲器播出廣播，不過無阻行動。

邊走邊聽到天韻本該悦耳的聲音：

「歡迎來臨動物園區。請各位遊園人士注意，區內一律禁止餵食動物、或用閃光燈拍攝，更不可破壞區內任何財物。當然，各位不可以傷害我們的貴賓，亦不得離開樂園。」

播畢，喇叭再度換上難聽的背景音樂。

甚麼呀？！

「一開始扮晒啲主題公園咁樣呼籲，」里奈跟在我身後，也不明所以地輕聲問：「之後又講咩貴賓呀？」

在我前方的翔吐槽説：「講咁撚多，咪又係叫我哋唔好諗住逃走囉！」

我們正以半蹲姿勢，小心翼翼地接近目的地。不時聽到面具人興奮的叫囂，聽得出他們正在不遠處！

　　大概過了幾分鐘，我們終於來到海洋館門口。可惡的是，竟然有名面具男子，把斧頭放在旁邊，坐在門外的椅子上休息！

　　我們躲在一塊拍照用的佈景版後觀察，里奈壓低聲提醒大家，「我哋依家暴露喺室外，隨時俾班人發現㗎。」

　　彩香探頭張望，不見其他人影，緊張道：「唔通我哋就咁衝過去？俾佢發現實會大聲通知其他人㗎。」

　　該怎麼辦？留在原地不是，衝過去又不是。

　　豈料，口沒遮攔的翔沒跟我們商量，逕自採取行動，多虧樂園的背景音樂蓋過他行動的聲音。他靜悄悄地繞到面具人背後，我想拉住他也來不及。他手拿剛剛彩香用來剪繃帶的剪刀，一下插向面具人的喉嚨！

　　Octivia 倒抽一口氣，里奈和彩香她們別過臉不敢看。然而，翔此舉未能一擊即中，面具人按住流血的傷口站起來，蹌踉地往旁邊後退。

　　我旋即上前奪過面具人的斧頭，卻在砍他之前猶豫了，雙手懸在半空。畢竟有這麼多個面具人，他不一定就是兇手本人。而且……殺人啊……

　　可惜，正是這一刹猶豫釀成大禍。

「呀、呀！」儘管喉嚨被傷無法發出大聲浪，面具人勉強含糊不清地呀呀叫，附近的面具人聽見不尋常的聲音趕過來。

「行開，等我嚟！」Octivia 迅速在我身邊出現，搶過斧頭，大力砍向面具人頭部，「你哋走呀！」

「入海洋館！」我如夢初醒地指示大家，急速跑向海洋館入口。

三至四名面具人聞聲趕到，他們衝向前把久美子撲倒！

咦？奇怪……為甚麼他們會越過我，攻擊較遠的久美子呢……？

「久美子！」已經到達入口處的彩香想回頭救她。

幹掉面具人的 Octivia 在我身後喝道：「放棄佢啦！我哋入館門門！」對，他們已經捉到久美子，我們再糾纏下去只會被他們一併帶走。

翔第一個衝進海洋館，幸有 Octivia 阻止他關門，我才成功把彩香和里奈拉進海洋館裡。翔和 Octivia 即時合力用雜物堆在門口，使面具人無法即時闖進來。

翔拍拍身上的灰塵，狀甚滿意説：「咁樣應該可以頂到一陣，我哋快啲上天台喇。」

　　望著若無其事的翔，我的怒火衝上胸中，罵道：「仆街，你
差啲害我哋俾人捉走晒呀！」

　　「佢哋捉走咗久美子……」彩香雙眼紅腫，不知所措地問我
們，「究竟想點呀？」

　　「依家出去仲趕得切救佢㗎！」里奈咬著唇，搖撼我的手。

　　我無法直視她炯炯有神的雙眼。除了彩香和里奈，其他人選
擇沉默低頭。沒辦法，在死亡面前大部分人無法做聖人，大家只
為自己而活。

　　翔更是毫不掩飾地催促道：「咪咁撚多廢話，拿拿臨上天台
啦！」他再次丟下我們，率先登上天台。

　　Octivia 好像在思考甚麼似的環視我們，輕輕嘆息説：「我哋
上去啦。」

　　上到天台，彩香探頭向下看，「久美子唔見咗嘅？唔知俾佢
哋帶咗去邊呢？」

　　「其他人呢？」里奈問。她剛剛被我們強硬扯上來，現在一
臉不高興。

　　彩香擔憂地答：「佢哋……圍住晒個門口……應該想撞爛對

門入嚟。」

果然我的推測正確,這座建築物比圍欄更高,圍欄靠在牆邊,圍欄的另一方則是包圍樂園的樹林,只要跳下去就能到外面去!

上來天台的途中,我們找到消防喉,弄斷後帶了上來,我和翔快速把喉固定好,準備逐一游喉而下。麻煩人翔搶著要先走,下去的過程不小心碰到圍欄,馬上發出滋滋聲,甚至產生刺眼的火光——圍欄帶電!

「大家小心呀!」見狀,Octivia 簡略地教導游「繩」下去的正確姿勢,同時避免碰到欄柵。

「我以前喺美國參過軍,所以識少少。」她摸摸後腦解釋道。怪不得擁有大塊頭身段,身手比作為男性的我更敏捷大力啦。

轉眼間,我們全部人順利地逃到廢墟外的樹林間!

驚嚇直播

所有人安全著陸後,我提議説:「我哋跑返去落車嗰度,揸返嗰架小巴走啦。」畢竟與市區有一個半小時的行車距離,總不能徒步逃跑吧。

身在樹林中,難以判斷正確方向,我靈機一觸迅速掏出手機,

「大家拎電話出嚟，快啲報警！」我則打開地圖應用程式，嘗試查看自己身處的位置。

里奈皺著眉，將手機朝不同方向高舉，「唔得呀，都仲係收唔到⋯⋯」

「搞錯呀！依家先嚟無電！」彩香震抖著雙手。

Octivia 茫然地環視四周。

「屌！一格都無！」翔氣得差點要丟掉手機。

地圖應用程式仍在加載詳細地圖中，目前只顯示一個大範圍寫著「奈良」，而 GPS 箭頭不斷自轉，甚至一時跳到東邊，一時跳到西邊。這裡究竟是甚麼鬼地方啊⋯⋯

「附近一帶嘅訊號俾佢哋 Block 咗都唔奇，」Octivia 輕輕歎氣，語帶無奈，「咁啦，我哋沿樂園行，搵返個正門先，再原路行返去，應該會搵到架車㗎喇。」

當然為了避開耳目，我們全程躲在森林裡面悄悄移動，其間聽到園內發出吵雜聲，甚至有人興奮大叫，好像忙著開派對，難道他們選擇放過我們？

里奈也覺得很奇怪，回頭問我：「佢哋捉走久美子究竟想做

乜？點解完全唔理我哋咁嘅？」

　　林路不好走，地面不是有凸起來的樹根就是突然凹下去的窪地，穿著短裙的里奈走在前方，緊隨在後的我大飽眼福……我搖搖頭，現在哪有心情欣賞啊！

　　注意到多話的翔在逃跑期間忽然靜默下來，我抬頭一看，他邊跑邊盯看手上的電話。我問：「喂，你部電話收到咩？」

　　他賊笑了一下，「唔係我㗎，係頭先個仆街㗎。」我想了想，是指在海洋館門外被殺的面具人吧。

　　好奇心驅使下，我加快腳步跑到翔身旁，事後我非常後悔做了這個決定。手機以全螢幕橫向播放著一段影片，畫面類似社交平台的直播功能，可以留言、按讚，有些按鈕標示「加注」和「打賞」等等。

　　鏡頭正拍攝類似舞台上的情況，拍攝者應該用了專業的攝影機並固定在地上，令畫面清晰之餘又不搖晃。片段不時轉變畫面，從多角度圍著舞台拍攝，應該是連接了多部攝錄機。

　　「呢度……」我沉思一下，在哪裡見過呢……？
　　「動物園區入面個海洋劇場。」Octivia 也跑了過來，湊近看了一眼電話，冷冷答道。

對！怪不得很眼熟，剛剛有經過這裡。格局類似香港某主題公園的海洋劇場，以前在那裡看過海豚、海獅的表演，只是這裡座位少很多、舞台範圍也比較小。

舞台前的水池乾涸了，周圍遍佈垃圾。重點是，台上的人。有四、五名全身黑衣的小丑面具人在台上忙成一團，有人搬東西、有人綁繩索等。

其他面具人則坐在觀眾席上，每人手上有一台手機。哦⋯⋯我指出：「你哋睇，雖然全部人都戴住面具，但台上呢啲小丑黑衣人應該係員工；著其他衫、戴唔同面具，坐觀眾席呢班嘅應該係天韻口中嘅『貴賓』。」

他們除了注視台上動靜外，亦透過電話正操作些甚麼。

讓我一看就心知不妙的，是久美子被綁在舞台正中央。她是以被倒吊的姿態、一絲不掛、大字形被牢牢綁在一個鐵架上。

「久美子！佢哋想點呀？」彩香瞥了一眼螢幕，一臉鐵青地問。
「咩事咩事？」由於跑得較慢，身後的里奈看不到翔手上的螢幕。

我們幾個維持不快不慢的跑速，不時湊近翔看手機。

彩香神色慌忙地說：「不如唔好睇住，呢部電話收到訊號，

報咗警先啦。」

「屌，你估我諗唔到㗎咩！」翔不耐煩，厲聲道：「頭先乜撚都試過喇，成部電話淨係得呢個直播 App，Download 唔到㗎，又無得打電話呀！」

這刻我意識到，小丑人數規模之大遠超出我想像，他們有能力佔據整座廢墟、封鎖這一帶網絡，只開放部分手機可以連線。

「咁呢個 App 有無咩功能可以同其他人聯絡？」我雙眼飛快地掃視直播應用程式。

彩香的嘴角下拉，無奈地說：「無用㗎，就算畀你同其他人講到嘢又點，呢班人癲㗎，點會理我哋吖。」

「頭先求其試撳咗幾下，」翔竟然惡趣味的笑了笑，「唔小心撳咗加注投票，即刻喺呢個帳戶扣咗幾百蚊美金畀個 App。」

靠！我不禁上前扯起他的衣領，粗聲罵道：「加乜撚嘢注呀你！」

「有救喇！到喇！」里奈興奮地跳了跳，指向前方大叫，打斷了我和翔。

是旅遊小巴！我們總算回到下車的地方了！儼如在乾旱沙漠看到水源般，眾人加速跑向小巴。

「好喇，投票時間結束。」這時，熟悉的歡樂聲音自手機傳出，「我哋依家有請小丑先生，將得票最多嘅表演用具拎上嚟啦！」

一名女生在舞台徐徐步出，眾人包括我在內看得目定口呆，絕對稱得上是驚艷的出場。天韻換掉今早普通的背心短褲，經過精心打扮，一襲鮮艷華麗的日本花魁風和服，誇張的髮髻上插了幾支耀眼的金屬髮簪，吊下一串串金花瓣，隨著她的動作，響起清脆悅耳的碰撞聲。

我不像女生會研究和服、藝妓或花魁的不同之處，不曉得她這樣穿是否正統，在我看來，這身傳統和風，古典得來又不失冷艷性感的打扮，非常適合她，著實不得不稱讚。

雖然穿起了花魁和服，但天韻沒有把臉塗得雪白，而是選擇保留自然膚色，配襯妖冶的深紅唇妝和拉長眼線，還有把鬆垮垮的衣領扯到低低的露肩設計、展視出豐滿白滑的身材、使美腿誘人地若隱若現的高開叉衣擺……完完全全襯托出她那宛如與生俱來的嫵媚韻味。

以站於舞台、疑似擔任主持人一角來說，儘管穿得再浮誇也不為過。這堪稱尤物的天韻，大大增添現場熾熱的氣氛。

我回神過來，移開目光不看她。這麼一個天韻放在目前的場合，只讓人感覺反差大得心寒。一個漂亮女生，居然會做出這種恐怖駭人的事，還樂在其中。

「仆街喇……」翔愕然地抬頭，對我吞吐地説：「頭先你咪問我投咩票嘅……」

接下來，兩個小丑把一樣東西捧上台，物件看來相當沉重。該物件哄得全場雀躍地鼓掌叫好，聲音大得連身在場外的我好像都聽到。

他們捧上台的，是一把兩邊有把手的大型鋸刀。

血腥拍賣

動物園區的海洋劇場裡，正進行一場恐怖的「表演」時，我們總算強硬弄破小巴的車門，登上車了。

「屌你！黐撚線㗎你！」我憤怒地推撞翔，小巴的空間不大，他馬上跌倒在走道上。

「點解你要咁做呀！」彩香身後的哭腔道：「你知唔知你投咗啲咩票㗎！」

當然我心底裡明白，要怪都怪園內那班變態，翔純粹貪玩亂按，只是我的怒氣無從發洩。

「點諗撚到佢哋㗎真㗎！」翔爬起身，坐在座位上狡辯，「再睇落去先啦，或者我哋諗錯咗呢！」

「攞過嚟!」我一把搶過手機,操作了一會,終於明白這是甚麼一回事了!

「呢個唔係 App,」我揚揚手機,「係一個用嚟上 Deep Web 嘅 Browser。」網站名稱顯示於瀏覽器的頂部。

這下整個運作顯然而見:供一班有錢人入園親手殘害我們,同時又在網上直播,讓世界各地的人透過網站觀看或加入其中,例如付費選擇殘害的用具。

夢幻樂園這裡正進行一盤病態血腥的生意。

「既然係 Browser,咁上唔上到其他網站呀?」里奈越過彩香,站在我旁邊探頭問。試了一會,我搖頭。

「你個變態仔識咁多呢啲嘢。」翔居然還有面子,不懷好意地笑了笑。

「你睇多啲新聞啦!」我罵道:「上年美國咪有間鬼屋俾人搞破咗囉,又係同呢度一樣搞埋晒啲變態生意㗎!」

Octivia 在司機位忙碌地東翻西找,附和道:「係呀,嗰陣好哄動㗎,拉咗好多人、封咗幾個網站,上晒新聞啦。」

彩香頹然地坐下來,「我都有睇到呀,好似喺美國聖地牙哥

嗰邊⋯⋯」

　　報道還說現場檢出大批人體殘肢，記者把現場寫得血淋淋⋯⋯
當中不曉得有幾分真假。

　　Octivia 拉開抽屜，胡亂地將裡面的東西倒出來，「有報道講，
係有個地下組織同 FBI 聯手，先可以瓦解間鬼屋㗎。」

　　里奈摸摸下巴，「咁呢度會唔會同嗰間鬼屋有關係呢？」

　　「我諗唔會啩，都拉晒啲人啦。」我立即否定這個可能性，「而
且呢度係日本，唔屬於 FBI 管轄範圍。」

　　Octivia 翻看完一地雜物後，打斷我們，「喂！過嚟幫手搵下
車匙啦！」

　　對！當務之急是發動小巴逃走。眾人馬上尋找車匙，而 Octivia
則仿傚電影中的方法，毀壞軚盤下的位置，扯斷裡面幾條不同顏
色的電線，再嘗試手動接駁。加上她正流汗、起伏不斷的胸口，
使我有種正在收看歐美電影的錯覺。

　　「停手呀！求求你哋！」久美子的叫聲自手機發出，把我拉
回現實。

　　「今日第二場表演嘅主角係田中久美子小姐，一名日本女性。」

天韻用主題公園巡遊表演的語氣介紹，嬌媚地用衣角半遮笑臉，「今次我哋需要兩位勇士幫手，起價一萬，每次叫價五千。有無勇士出手？」第二場？那麼第一場……果然是純子。

畫面轉向觀眾席，席上起碼有二、三十人，有人率先舉手！

「一萬五、」天韻順應他們舉手，逐一增加價錢，我已經無心再想那是美金還是甚麼貨幣，「……二萬五、三萬……」

根本是一場拍賣！一場殘殺拍賣！到底人性可以有多病態？

「成交！」天韻興奮大叫，無先兆地把旁邊的工作人員一腳踢下台，「恭喜兩位得主！快啲上台啦！」這時我已經注意到，天韻有點神經質。

拍賣過程中完全沒公開人名，貴賓之間也沒對過話，只靠舉手或輕輕的身體接觸交流。這說明了他們是匿名參與，也不知道對方的真實身份。

一陣歡呼聲之後，兩名身型肥胖的男性上台，他們分別戴上鴨子和老鼠面具。鴨子站在久美子面前，老鼠則在久美子身後。天韻還提醒他們站偏一點，好讓台下觀眾看清楚久美子的表情。

她已經哭成淚人，頭部由於倒吊充血而發紅，「你哋想點呀？放過我呀！求下你……」

小丑把鋸子遞上，鴨子和老鼠接過後試了一下力度，看來確實重到需要兩個人合力才能拿起。二人把刀高舉放在久美子身上……正確來說，由於是倒吊，所以鋸刀是放在她兩腿之間才對……

彩香掩口驚訝地問：「佢哋做咩呀！？」

里奈暫停找車匙，撲向我説：「唔得！我哋要救佢呀！」

我怔怔：「可以點救呀？」

「呀係喇！你咪話呢個網係連接全世界嘅，拎嚟！」里奈想到甚麼似的，急急奪過手機，在畫面的留言框上，快速輸入一段中、日、英三語的求救訊息：

「我哋依家被困喺奈良夢幻樂園廢墟入面，見到訊息嘅人立即報警！唔係開玩笑，久美子係我哋嘅朋友。請救救我哋！」

她還回手機，解釋説：「班人可能抱住半開玩笑咁睇呢啲片，唔太確定佢哋係咪嚟真殺人。」

怎料後來的訊息全部都集中在催促鴨子和老鼠動手，只有少數人回覆我們，內容卻大多是叫我們乖乖等死之類。

天啊！為甚麼他們能如此冷血？人性真的能泯滅到如此德性？還是説，網上太多假消息假資訊，他們已經無法分辨真假，

並且以此為藉口,好掩飾助長罪惡的內疚感?

「成班仆街!」翔大力踢一下椅背。

「大家準備好未呢?」天韻的雙眼散發一股妖艷的神秘感。
她那養眼的身材扭來扭去更是吸引,可是她接下來的話讓全場人
緊張得屏住呼吸。

「我數三聲,鴨子先生同老鼠先生就可以郁手喇!」

三、
二、
一!

刀鋸美人

我真的相當後悔看完這場血腥的表演,久美子的哀號聲仍在
我耳際揮之不去。天韻倒數後,他們一前一後舉起大鋸子應聲下
刀,刀刃插進倒吊中久美子的下半身,痛得她厲聲慘叫!

「呀呀呀呀!!!」她雙眼佈滿紅筋,張開大口地尖叫。

看著畫面的我身體陡然抖了一抖,全身僵硬、冷汗直流!

然而,他們未有收手的打算,二人合力把鋸子一下前、一下
後地拖拉,以讓鋸子砍得更深!鋒利的刀片插入女性身體最脆弱

的部位，猶如剪紙一樣，久美子的重要部位隨即裂開！

血液這下才如山洪暴發般湧出，流往久美子頭部，把她整個上半身染成血紅色一片。更恐怖的是，久美子這刻被牢牢綁住、完全無法掙扎，讓我聯想到宰殺豬牛也會是這樣嗎？

一股想嘔吐的感覺突如其來，今早才吃過的漢堡包，正在胃裡翻滾著。

「咳咳，求你，咳……」被自己的血嗆到，久美子無法好好說話，身體禁不住地震抖。

二人用力地鋸啊鋸，一直到肚臍位置，天韻忽然伸手叫停，「好，停一停！」

小丑幫忙把鋸子拿開，久美子的下半身已經呈奇怪的形狀，因被割開而使雙腿張得大大。拍攝者還要對準傷口來個大特寫。

她的下半身和腹部被活生生割開，傷口夾雜脂肪之餘，還有血淋淋的軟管狀物體，想必是大腸小腸之類的器官吧。

噁！！！極！嘔！心！！！

「嘩屌！」翔別過臉罵道。

我再也忍不住跑出小巴嘔吐。

久美子的血液混合了體液還是甚麼,弄成黏答答的血色汁液掛在她的嘴巴、頭頂,再緩慢滴往地上,令舞台染上一片紅。

「咳,嗯嗯⋯⋯嗚⋯⋯」久美子已經奄奄一息,發出嗚咽的聲音。

里奈和彩香終於無法忍耐,跳到車外嘔吐大作。

當我以為一切都結束時,天韻竟然還能氣定神閒,在久美子旁邊走來走去,幽幽說:「各位注意,之所以叫停,除咗畀大家可以慢慢欣賞呢一幕,我亦都想說明一下。」

她絲毫不怕血腥,戳戳久美子的身體,「人嘅重要器官集中喺上半身,即使女主角久美子小姐依家俾人劏開到肚臍位,佢都仲未死㗎。」喪心病狂的她,還要用生物課教師般輕描淡寫的語氣解說。

「天呀!正人渣!」Octivia 握緊拳頭,漲紅著臉捶打軚盤。

擦拭嘴角,我回到車上繼續觀看直播,Octivia 和彩香重新聚過來,里奈和翔則在車外不忍觀看。

「各位仲想唔想睇埋下半 Part 呢?」天韻側側頭問,頭上的

金串左右搖擺。

「Coffee or tea?」我回想起坐飛機時，空中服務員也是如此側側頭問我。

順應天韻的問題，螢幕上的「打賞」按鈕即時閃爍。瘋了！他們全部瘋了！

只消半分鐘不到，天韻誇張地半蹲下來行禮，「多謝大家賞賜！有請我哋嘅勇士繼續啦！」

畫面沒有顯示總打賞金額有多少，可是我很肯定遠比剛才拍賣的成交價較高。不消半分鐘能賺到如此金額，我不禁自問……一條人命真的用錢買到嗎？

Octivia皺著眉，分析道：「佢用『表演』嚟代替虐殺、用『勇士』嚟形容殺人犯，除咗減少大家嘅罪疚感，同時亦增強嗰兩個人落刀嘅決心。」

如此正義化自己所做的血腥暴行，令我想起外國一些有錢人的玩意，他們喜歡到野外捕獵稀有生物，事後還與「戰利品」合照。試問一群有車子、槍械、麻醉藥俱備的人類，要射殺一隻毫無反抗能力、狡猾程度遠不及人類的動物有多難？

我不是那些提倡不吃肉的素食主義者，為了解決日常飲食而

宰殺家禽是可以接受，可是純粹為娛樂而濫殺，那些所謂打獵的
人跟面前這班人根本沒兩樣。

　　難道，人類需要藉著踐踏其他生命，以證明自己的存在嗎？

　　天韻在鴨子老鼠旁邊耳語一番，應該是指示他們下一輪動作。
二人馬上換了位置，一同移到久美子的左側，把鋸刀橫放到她的
腰際，橫砍入去！

　　靠！他們要把她整條腿連一邊屁股砍下來！

　　不行了……我實在無法再看下去……這時里奈和翔已經癱軟
在泥地上，Octivia、彩香和我仍留在車上。

　　我感到一陣暈眩，支持不住倒在小巴的座位上。

　　「喂，Cole！」彩香的叫聲把我弄醒。

　　豈料鴨子和老鼠原來已經把久美子的一條腿鋸斷了，台上不
見斷肢，可能被人搬走了。他們現正向另一條腿下手。

　　「嗚呀！！！呀！」久美子已經醒過來，力竭聲嘶地咆哮，
雙手不住掙扎。很刺耳，她每一下叫聲均讓我整個人打個冷顫。

　　二人一下一下拉鋸，終於把另一條腿砍斷。由於沒有雙腳作

支撐點，久美子整個上半身向觀眾席方向倒下來！

接下來才是最嘔心的畫面。為甚麼我昏厥的時間不能長一點呢？以下的場面一定是我畢生最難忘，如果我還能活下去的話。

鑑於久美子肚臍下的身體被鋸得支離破碎，再經這麼一跌的衝力，使得她胃部以及體內的器官全部嘩啦嘩啦自腹部的傷口溢出，幾乎以噴射的方式灑向台下。

腸臟、深紅色一塊塊內臟器官，連同一堆血花和血塊，一下子爆向觀眾席，把最前幾個人噴得滿身鮮血。

整個手機螢幕都是血肉橫飛的場面。最讓我毛骨悚然的，卻是觀眾席熱烈的拍掌聲！我開始感到頭昏腦脹。

朦朧間聽到天韻興奮道：「古時候嘅日本，有種光榮嘅自殺方式，佢哋稱為切腹……」

然後我再次沒用地暈倒了。

奈良
夢幻樂園

你聽説過嗎？
Nara Dreamland

奈良
夢幻樂園

Attraction 3

🏚 鬼屋區

重返地獄

很冷。喘不過氣。

睜開眼以為自己在香港的家裡安逸地睡醒，殊不知眼前是里奈的一臉擔心。

「點解……？」我虛弱地問，「呀！」

我這才意識到我還在恐怖的奈良夢幻樂園外！為甚麼日本這麼多景點不去，我偏挑這種荒涼無人的廢墟來？

「好喇，快啲行喇！」Octivia探頭來，帶著複雜的神情催促道。
「我暈咗幾耐呀？其他人呢？」我從座位慢慢起身，小巴裡只有我們三人。

「翔同彩香唔等你，佢哋行先喇，大約幾分鐘前。」里奈坐在我旁邊，扶著我起身，「你無事嘅話我哋快啲走，應該追到佢哋。」

「走？」我擦擦臉上和脖子的冷汗，「點解唔揸呢架小巴走呀？」

Octivia攤攤手，率先下車，「八婆天韻擺得架車喺度，就預咗我哋點搞都開唔到架車。」

我跟著下車，「咁彩香佢哋走去邊呀？」

　　「今朝咪見到警察巡邏隊周圍巡嘅，我哋跑去求救！」里奈眼神充滿希望，把水瓶遞上前給我。

　　好主意！我喝了幾口水，試著打醒精神跟她們狂奔。跑到樂園正門外的草叢，卻不見翔他們蹤影。

　　「我哋較準時間，等車嚟先好衝出去呀，」里奈張望四周，猜測道：「翔佢哋可能俾樂園裡面嘅人發現咗，捉走埋都唔奇。」

　　未幾，黑色房車終於駛來！救星！我們邊大叫揮手邊火速撲過去，「救命呀！救我哋呀！」

　　房車停下，Octivia警戒地並未靠近，我和里奈則衝到車旁拍打車窗，「開門呀！救我哋走呀！」

　　該怎麼説，他們才不會把我們當成瘋子呢？

　　樂園出口的木板開始移動，看來裡面的人聞聲想出來阻止！幸而與此同時，車門打開了！有救了！

　　「救我──咦？！」

　　豈料下車的人全部一身西裝兼且……戴上那該死的小丑面具！

　　嗯？不出幾秒，全身感受到一下電擊，我又一次失去意識。

☠

「⋯⋯呢度邊度㗎？」里奈醒後掙扎問。

我按住她手腳，輕聲道：「噓噓噓⋯⋯唔好咁大聲。」

「發生咩事呀？」她環顧一下，嚇得花容失色地問：「我哋喺邊？」

我在她身旁坐下來，解釋說：「我都係唔啱醒咗無耐。頭先班西裝友應該係樂園啲保安，佢哋電暈咗我哋，再掟返我哋入園。」

「咩話？」她激動地跳起身，「我哋喺樂園入面？！」

見我無奈地沉默點頭，她睜大雙眼，捉著我的手，「即係由頭到尾都係講大話？咩巡邏隊，其實都係樂園嘅員工，唔界我哋離開個廢墟？」

與我剛醒來時的反應一樣，她陷入絕望，無力地倒坐在地上，淚水在眼窩裡打轉，卻又極力抑制。

為了安慰失神的里奈，跟我差不多時間醒來的 Octivia 說：「放心，我有信心我哋可以離開呢度！」

哪來的自信？目擊完純子和久美子的下場，再加上樂園位於

遠離市區的地點，被一班瘋子當為獵物的我們，在遇害前獲救的機會可謂少之有少⋯⋯

沉默了一陣子，里奈深呼吸一下，「咁呢度究竟係邊度嚟？」

我們身在一幢建築物的閣樓上，周圍堆滿封塵的紙皮箱，發出一陣霉味。室內的悶熱，加上剛目擊完一場極度血腥的殘殺「表演」，我的頭痛發作了。

閣樓有一道可以通往樓下的樓梯，感覺隨時會有人衝上來傷害我們。

我之所以肯定被抓進樂園裡，是因為透過閣樓唯一的小窗看出去的風景。從看到古堡的角度推測，我們被西裝漢丟到另一個園區——鬼屋區。

聽罷我的話，Octivia 指一指地圖續說：「再比對返個地圖，我哋應該喺一間餐廳嘅樓上。」

這裡只有我、Octivia、里奈和躺在木地板上仍昏迷的彩香，不見翔的身影。我有種不祥的預兆。

里奈掂起腳尖，悄悄窺看窗外，回頭小聲問：「班人仲喺出面行嚟行去，係咪搵緊翔？唔通佢走得甩？」

我皺眉,「我諗翔佢凶多吉少……」

趁著一絲空隙時間,我整理一下直到目前的推測,首先是如何憑衣著判辨園內人士的身份。由於要錄影直播,除天韻以外,所有人均戴上面具,園方工作人員戴的是不同款的小丑面具。

衣服方面,可細分四類:**西裝漢**:樂園保安,應該受過體能培訓,所以最難對付;**黑衣人**:工作人員,負責雜務、粗重工夫;**妖艷花魁**:天韻。類似主持人,應該不難對付;**便服**:貴賓。互相匿名,最易受制伏。

聽完我的分析,里奈漲紅了臉罵道:「我知呢啲嚟做乜!我淨係想出返去呀!」

「點樣出去我就未諗到……」我無奈地攤攤手,坦白道:「但我隱約估到點樣可以避過佢哋……」

遊玩指南

Octivia 挑了挑眉,湊近來坐問:「即係點?」

「你唔覺得怪怪地咩?點解佢哋明明捉到我哋,但又唔搞我哋,仲放返我哋喺度?」我的反問使她們無言以對。

「我覺得佢哋殺人,應該係有一個規則。」我說:「由純子講

起，嗰陣我已經覺得好突兀，點解我哋有幾個單丁出嚟嘅人易啲落手，佢哋唔捉，偏偏揀最多人嘅組合？」

「因為佢哋三個女人仔，易啲埋手？」里奈坐下來，胡亂猜測。

我搖頭，「你哋記唔記得，第一次自由活動嗰陣，天韻講過，每個園區都有唔同嘅注意事項，一定要跟住佢行，佢會逐個園區講解。」

憶起小巴上的介紹聲帶，當中提過要跟從園方的注意事項行動，否則後果自負，我不禁苦笑。我說：「而商店街嗰區，其中一個注意事項就係唔可以去其他區，佢話每區各有危險。」

我會記得這注意事項，是因為當時我原本打算拍完商店街上的玩具店，就馬上到另一區拍攝。可是聽見天韻警告會有「危險」，讓我以為是指建築物倒塌之類，所以只好乖乖跟她移動。

「我記得喇！」里奈恍然地豎起手指，「純子參觀商店街嗰陣，偷偷地去咗水上樂園嗰度喫！」

當時純子還展示手機中的照片給我們看。

Octivia 試問：「因為佢唔聽話，所以班變態佬就揀佢做表演者，接受懲罰？」

「邊係表演呀！」彩香突然坐起來，原來她已醒來，「係受死呀！佢已經死咗喇……」不像里奈和 Octivia 般堅強，彩香情緒失控了，開始放聲哭叫起來。

為免刺激到外面那班瘋瘋狂人，Octivia 迅速上前掩住她嘴巴。

「冷靜啲……」里奈邊安慰彩香，邊向她解釋我們身處的狀況，請求她別發出太大聲音，並詢問翔的下落。

半晌，眼淚流乾了，彩香環抱自己說：「我哋俾巡邏隊電暈，然後……然後我就喺呢度醒返……唔知翔去咗邊……」

翔果然被他們抓走了。我把話題拉回來，「後來，我哋喺水上樂園跑去正門、班貴賓出現嗰陣，我都覺得唔合理。明明我同里奈跑最慢，佢哋可以捉到我，但淨係輕輕插我背脊一刀，依家諗返起，當時我以為自己受重傷，就係因為咁。」

並不是因為我沒用啊——我忍著如此補充。

里奈開始明白我的意思，嘗試問：「因為當時無跟注意事項嘅人唔係你，所以佢哋無捉走你？」她的目光落在彩香身上。

我點點頭，朝彩香看去。

「佢哋要捉嘅人……係久美子……？」彩香來回看著我和里奈，

紅著眼問。目擊兩個好友相繼遇害，任誰都無法承受。

里奈戰戰兢兢地觀察彩香的表情，說：「當時喺水上樂園嗰度，天韻講咗幾個注意事項……佢特別叫我哋一定要上滑水梯影相……」

Octivia直截了當地問彩香：「嗰陣你哋三個唔係都有上去咩？我好似聽過你哋話喺滑水梯走失咗嘅？」

「嗰陣我見你哋個個都有上，」面色蒼白的彩香抹抹眼淚，「咁我咪叫佢哋兩個一齊上去囉。久美子話怕高，最後無上去，喺樓梯下面等，得我同純子上咗去。不過其實行行下嗰陣，已經唔見咗純子……」

她說話有點混亂，純子那時已經注定被抓走，現在討論的對象是久美子。Octivia思路較清晰，她澄清說：「所以無跟注意事項嘅人係久美子，於是佢喺海洋館度俾人捉走……」

我點頭，「嗰時久美子已經差唔多跑到入館，我反而喺佢後面，更加近嗰班人，但佢哋偏偏唔對付我，硬係要捉走久美子。」

想了想，里奈總結以上的討論，「天韻嘅注意事項有兩種，一種係『千祈唔好做』，例如純子就犯咗『千祈唔好去第二區』；另一種就係『一定要做』，久美子就係無做到『一定要上滑水梯』。我咁講有無錯？」

Octivia 點頭同意,「你講得啱,而且佢每次注意事項都有一大堆,只有其中一項係致命。」

她們的理解能力很快,我補充道:「仲有一個 Pattern,就係上一區違反咗注意事項嘅人,就會喺下一區做『表演主角』。」純子在商店街違反注意事項,我們就在水上樂園發現她的屍體;久美子在水上樂園違反注意事項,後來於動物園區被殘殺。

里奈猛地抬頭,一臉愕然,「咁依家我哋嚟到鬼屋區,而唯獨係翔唔見咗……」

彩香驚訝問:「佢唔係走甩咗,而係喺動物園區違反咗注意事項,所以要喺鬼屋區呢度俾班人殺死?」

我不確定自己的觀察和推測是否準確,也不明白為甚麼他們要設下如此奇怪的規則,是要增加一點難度或刺激感之類嗎?

我搖搖頭,説:「總之大家一定要留意身邊所有事物,喺未搵到走出去嘅方法之前,或者可以避過一次表演。」

終究我們剛到鬼屋區,按猜測,樂園會再次給予新的注意事項。

彷彿推算好我們的討論時間,樂園喇叭倏地停止播放背景音樂,天韻的話語再度柔聲播出:「各位,第三輪投票準備開始。今次有三種表演用具俾大家揀,唔心水就快啲落手喇!」

看來他們已經不介意被園外的人聽到，除了在手機直播，此時連現場的喇叭都直播了。「介紹返啦，」天韻説：「第三場嘅表演主角，係渡邊翔先生，一名日本男性。」

精選午餐

「你哋睇，嗰邊有班人！」彩香站在窗邊，下巴比比樓下。

在我們身處建築物的不遠處，有一塊面積不大的空地，在空地外圍放了不少椅子。幾名小丑把輪椅推到空地中央，然後將輪椅上的鎖扣好，好讓它固定在地上。

坐在輪椅上的是正陷入昏迷的翔，他全身衣服被脱光，只穿一條四角褲，手腳被綁在輪椅上。

小丑們動作期間，攝影師和貴賓紛紛從不同角落聚集過來，在空地外的椅子坐下來。接著會發生甚麼事，大家已經作出最壞的打算。

「一定係園方通知班貴賓，表演場地喺嗰邊，班人先識去嗰度啦。」Octivia 湊在窗邊斬釘截鐵地説。

我喃喃道：「究竟翔違反咗啲咩呢……」在我們幾個之間挑選了他，他必定沒跟從注意事項了。

里奈小心地觀察外面，輕聲說：「嗰陣一去到動物園區，天韻講咗幾樣嘢……呀！佢叫我哋唔好離開樂園！」

「但係我哋個個都出咗樂園喍？」我問。

彩香回望我們，像是想快點終止討論，不耐煩地說：「以順序嚟講，佢係第一個搶住落去喍。」

「唔……仲有……」里奈遲疑地回憶說：「天韻話過唔可以傷害貴賓。翔喺海洋館門口殺咗個面具人……」

「點講都好，」Octivia 伸手忙道：「翔已經俾人捉住咗，睇怕都無得救，我哋不如諗下點走出去先啦！」

「點可以淨係顧自己喍！」里奈帶有斥責的眼神瞪向 Octivia，「翔咁近我哋，而且班西裝友同天韻又未到，可以趁依家行動！」

這次我不得不站在 Octivia 的立場，「里奈，唔通你睇唔出咩？佢哋將個表演場地整喺附近，就係特登畀我哋睇到呀！」這表示，他們一定做足保安措施以防我們救人。更糟的是，這說不定是個陷阱。

彩香彷徨地垂下眼，「咁救又唔係，唔救又唔係。」

Octivia 打量我們三人一眼，大大吸一口氣，堅決道：「唔使

諗，翔已經無得救喇。正如我講，我哋要諗點樣保護自己先，佢哋搞完翔之後，好快就輪到我哋。」

里奈張開口正想反駁，我語重心長地拍拍她肩膀，說：「我哋嘅位置已經曝咗光，無論係救人定逃走，首先要去第二度、等佢哋難啲搵到我哋先，去到再討論下一步應該點。」無疑，這只是用來拖延里奈想要救翔的想法。

結果，我們四人移去更近表演場地的建築物裡。會挑這裡，一來因為里奈不斷游說，二來是附近太多貴賓，再在外面徘徊會增加被發現的機會，而且建築物裡面有部亮著的電視機，可以更清楚地看表演。

電視畫面中央正是剛到達空地的天韻的大特寫，她手上捧著一隻窄長陶瓷碟，婀娜多姿地走到翔旁邊站定。鏡頭由頭掃落腳，天韻並不高挑，整體身型比例卻相當好。打量她那滑落至手臂的和服衣襟……不不不，我到底在亂想甚麼？

「各位，」她嘴角上揚，形成一個極邪惡的弧度，「仲有半個鐘就到一點喇，午餐時間已經到咗，樂園呢邊係好守時嘅，喺約定好嘅時間當然要做嘢啦。」我瞄瞄手錶，十二點三十三分。

她揚揚手上的陶瓷碟，「我哋為大家準備咗一份精選午餐，有興趣嘅貴賓請同工作人員講聲啦。」

身在二樓的我們，除了電視，也可透過窗戶看到樓下觀眾的反應，他們一同坐直身子，探頭想看看天韻手上的到底是甚麼食物。

她瞄一眼翔，見他還未醒來，就捧著陶瓷碟走到人群當中擾攘，攝影師緊隨身後拍她。不得不說她確實很會製造氣氛，原本有些坐得較遠、看似沒甚興趣的貴賓，見她靠近也不禁站起身湊近看。經她這樣一繞圈，在場的貴賓無一不注視她。

她單手高舉陶瓷碟，另一隻手輕撫貴賓的面具或肩膀，風騷地介紹：「我哋今朝特登去咗京都舞鶴魚市場入貨，呢啲係新鮮直送嘅魚生同壽司。你哋咁遠嚟到日本，樂園梗係要用本地頂級食材嚟招呼你哋啦。」目測在場確實有不少金髮或棕髮的外籍貴賓。

鏡頭終於拍到天韻陶瓷碟上的食物，是一件件閃閃發亮的壽司。我吞吞口水，長時間的精神緊繃和體力勞動使我餓極了。想起初中第一次到平價壽司店，已足夠我吃到津津有味了，更何況在我眼前的是頂級新鮮食材。

如果能夠活著出去，一定要好好吃一頓高級日本料理。我默默振作起來。

「噚日落機嗰陣食過啦！」有人高聲譏諷，似乎不滿這道料理太普通，其他人馬上和應。我還以為貴賓會儘量避免被人識穿身份而不說話，或許是現場氣氛使他們也跟著興奮起來。

「梗係唔會咁簡單啦。」天韻拋出一個嫵媚的笑容，意味深長地巡視各人。

怎麼氣氛好像有點不妥……

「小丑先生，麻煩推佢出嚟！」她雙眼射出危險的氣息，笑容更是放肆。

兩名小丑把那「東西」推到空地中央，全場人看清楚後深深倒吸一口氣，紛紛傳出交頭接耳和驚嘆聲。

無他，只因附帶輪子活動式的床上，是久美子的屍體。腦海難以自控地回想久美子被活生生肢解的過程，她臨死前發出的慘叫聲，仍在我耳邊響徹不止。

原本被肢解的久美子，現在被重新「組合」過，至少手腳齊全。園方洗掉她身上的血跡，巧妙地為她穿上和服，盡量將傷口遮蓋起來。至於沒被摧殘的上半身，他們選擇大方地裸露出來，衣領被左右翻開。若然沒有目擊過海洋劇場上的表演，還真以為久美子只是安詳地睡覺而已。

「久美子！」見友人再度登場，彩香激動得想衝下樓撲過去，馬上被 Octivia 制止。

久美子躺平的屍體上，放滿琳瑯滿目的壽司和刺身，旁邊還

有細心地準備好的醬油和芥末。

看到這裡，我的腦袋頓時停止運作。無法想像和服下那腸穿肚爛的慘狀，更無法想像在死屍上、聞著屍臭夾雜血腥味的同時，吃著生的東西能有多美味。

「Ew!」Octivia 一臉厭惡。

「咁重口味……」里奈雙手扶著褪去血色的臉頰，「用屍體嚟玩女體盛？」

不止我們覺得嘔心，有幾個貴賓也別開了臉，看來殺人狂中也有不同喜好。

晃了晃神，有人拍拍我，里奈憂慮地說：「Cole，你唔好暈低呀。」

估計我面如鐵青的呆滯樣子讓她很擔心，我拍拍自己雙頰清醒一下。

天韻率先上前，放下手上的陶瓷碟、夾起壽司細味品嚐，幽幽的語調讓人聽得心癢癢，說：「除咗標準版久美子小姐，我哋亦準備咗新手版，同埋升級版——第一場表演者中村純子小姐，三個程度任君選擇。」

想起在滑水梯底，那全身僵硬扭曲、臉容皺成一團的女屍，

寒意登時自腳底泛上頭頂。反胃的感覺再次襲來……

里奈忿忿道：「點會有人食得落㗎！」

隆重介紹食物、飲品和價錢後，小丑將久美子和純子推離空地中央，額外再推幾個活生生的赤裸妙齡少女出來，看來這「正常」的女體盛是天韻所指的新手版。大概有一半貴賓離開座位，站在久美子和純子周圍開始用餐，另一半則選了新手版，不少人喝著看來不便宜的清酒佐餐。

安排妥當後，小丑拿來一盤有冰塊的水，倒落仍在空地中央、暈厥中的翔頭頂，使他瞬間清醒過來。翔被弄醒的一刻，變態天韻宣告第三場表演正式開始。

「各位唔好淨係顧住食啦！」站在空地中央的她，一臉不屑地說：「大家一路享用美食之餘，亦要睇接落嚟嘅表演㗎！唔好白費我一番心機！」

醫術表演

她的心思？難道說接下來的虐殺方式是她負責構思的嗎？不，是今日全部的虐殺罪行！

Octivia緊握拳頭，朝天韻投以極度憤怒的目光，「可以嘅話，一定要對付呢個癲婆先！」

「我哋自己都顧唔掂呀，」彩香說：「仲諗咩報仇呀！」

這時，空地上出現了幾個我們之前未見過的人物，他們一身藍衣打扮，頭戴類似浴帽、口罩、透明科學眼鏡和手套，推著兩、三架工具車徐徐來到翔身旁。

打扮恍如替病人做手術的醫生一樣！

「屌你！」滿口髒話的翔見狀，手腳奮力掙扎，破口大罵在場人士，「我哋頭先報晒警㗎喇，你班仆街好快撳啲放我走喇！」當然是逞強話。

觀眾在咀嚼「美食」之餘吃吃笑了起來，好像翔剛剛說了個笑話般，在他們眼裡，死前求饒或大罵彷彿都是一種娛樂。

「嗰把咩嚟㗎？」彩香恨不得把頭伸出窗外。

醫生從工具車選出電動鬚刨，另一名醫生則用輪椅上的皮帶，勒緊翔的脖子，以防他的頭部動來動去，影響下一輪動作。

他們要替翔……剃光頭？！

「咩料呀……？」我們幾個不明所以。
「喂！」翔動彈不得，「屌！做乜撚呀！」

　　天韻忽然乖乖坐到椅子上，看來想從觀眾席的角度欣賞醫生們接下來的所謂表演。

　　果然有古怪。醫生仔細地剃光翔的頭髮後，用幾支針筒在他頭皮不同位置上注射了些甚麼，但翔此時仍然清醒。

　　「仆街！我以後點見人呀！」雖然嘴硬，他卻已經意識到即將會有恐怖的事情發生在自己身上，身體不住打顫。

　　醫生們默契地互相配合，有人拿消毒液塗抹翔光禿禿的頭皮、有人把氧氣口罩戴到翔臉上、有人替工具消毒、有人把電線拖得遠遠替工具接上電源……在翔的角度看不見他們正準備甚麼工具，我不曉得這是好事還是壞事。

　　我們倒是猜到這場表演是甚麼一回事。鏡頭裡的工具車上，排滿了反射出冷光的尖銳手術刀、手術鉗、電鑽、小電鋸等嚇人的東西！

　　其中一個人，應該是首席醫生吧，他繞到翔的正前方，率先將手術刀刺進翔的額頭！

　　「呀呀呀呀呀呀呀呀！」翔閉緊雙眼大叫！氧氣口罩都擋不住他的慘叫聲。

　　醫生絲毫不受影響，下刀利落地劃過翔整個額頭！血液徐徐

沿刀痕滲出，直接流落他的臉頰。

天韻倏地彈起來，環視一圈圍在空地外的觀眾，比一比翔他們，「頭先麻醉師打咗少少麻醉藥，所以我哋嘅表演者不至於痛到暈低，重點係佢仍然會有感覺，明唔明？」她彎起食指和姆指，形成一個「C」字，「麻醉藥嘅分量要預到啱啱好，唔好畀佢瞓著，要有感覺之餘，又唔可以太少。」

「黐線㗎？」Octivia驚嘆。

彩香再次陷入絕望，「佢哋一定為今日準備咗好耐……咁有組織性、咁有計劃，我哋實死無生啦！」

里奈在低頭啜泣，恐懼和內疚寫滿一臉。

縱然翔一定沒救，我也承認明知等一下的場面會相當嘔心，但還是想確定他們會幹甚麼。反正天韻未宣告這區的注意事項，一動不如一靜，我們暫時留在這裡可能更安全。

這時醫生已經在翔的頭皮上劃了一圈，翔已經面無血色，叫得聲音也沙啞了。換了鉗子後，醫生開始下一輪動作。他在翔的後頸處用鉗子鉗住被切了的皮膚，然後慢慢地拉起鉗子！

嗯！他想把翔的頭皮扯起來！

「嗚呀呀呀呀呀呀呀！」翔痛得雙眼和口鼻都不由地流出分泌物，整張臉皺成一團。輪椅下有淡黃的液體流出，他痛得失禁了！

頭皮的一角被扯起後，醫生放下鉗子，改用雙手拿住頭皮，再小心翼翼地繼續翻開頭皮。如果說醫生生怕弄痛翔才小心翼翼，倒不如說他只是怕弄爛頭皮！

畫面極度血液淋漓又嘔心，鏡頭大特寫上全是血肉模糊，不同深淺的血紅色形成一幕幕的駭人場面，加上翔痛得再也發不出尖叫那深沉的嗚咽聲，讓我整個人冒著冷汗卻又全身滾燙。

好像發高燒一樣，也像腸胃不適，令我又熱又想吐！明明自朝早以來都未進食過。

里奈雙手捂住耳朵，蹲在一旁不敢看；彩香、Octivia跟我一樣仍硬著頭皮目擊，想到「硬著頭皮」四字，想吐的感覺又自腹腔湧上喉際，我連忙用手按住胸口。

醫生已經把整片軟癱癱的頭皮翻起，我留意到他途中故意不扯爛頭皮，以使它脫離可憐的翔的頭殼時，仍能保持一整塊完整頭皮⋯⋯我不想猜度樂園之後又想拿它幹甚麼⋯⋯

只是，比頭皮更恐怖的，是翔現在的頭部！醫生下刀深得恰到好處，翔頭頂這時沒了頭髮、沒了頭皮，整個頭骨清楚可見！糟糕的頭骨！

沾有血液又白森森的骨頭就這樣「出現」在他的頭頂上，可是額頭以下，他臉上的皮膚和五官仍是完好無缺，組成一個相當怪誕詭異的畫面。

很不真實。由純子的屍體開始，事情發展的走勢愈來愈脫離現實，這裡的人彷彿凌駕於常人的思考和同情心，所做的事徹底喪失人性，盡是一班披上人皮的野獸……

聽到我這麼說，Octivia 反倒如此認為，她說：「或者我哋、人類本身就有殘忍變態呢一面，只係日常生活加上法律，令大家只可以做『正常人』。一有機會，例如入咗呢度，可以做盡呢啲失心瘋嘅事而唔使承受後果，人類就會盡情展現佢變態嘅一面……」

望著眼前這慘不忍睹的翔，我無法接話。當然不是我同意 Octivia 的話，至少我不會這樣。只是，人類內心確實擁有「變態」，差在於程度多少而已。

「對我嚟講，」里奈打破各人的沉思，抬眼開口發言，「咩人性本惡、人性本善，我唔會研究得咁仔細。我淨係知，連動物都識救同伴，作為人類嘅我哋更加唔可以見死不救。尤其係依家咁嘅環境，救到一個得一個。」明明是抖著聲音地說，話間的堅定不移聽起來卻相當動人。

Octivia 看去里奈的眼神，添上幾分讚許和欣賞。

　　彩香竟鄙視里奈，吐槽道：「原來你係咁諗，唔怪得之前咁麻煩成日話要救救救……」

　　「里奈講得啱！」我幫腔，「我哋人數少嘅形勢嚟講已經輸晒，如果再唔團結互相幫忙，我哋只會少下一個、少下又一個，最後全部都……」我沒說出「死」字，相信大家意會到，「不過我覺得救人要喺能力範圍內……好似呢一刻……翔已經咁樣，其實都已經……無得救喇。」

　　空地上的醫生放下工具時，翔的身體忽地起了變化！他整個身體突然劇烈地震抖起來，口吐唾液，像是電影中鬼上身的反應，不過大家都知道，翔正癲癇發作抽搐中！

　　幾名醫生立即忙碌起來，有人按著他、有人又向他注射些甚麼，連那班冷血無情的觀眾們都擔心起來，不自覺停止進食，發出驚呼並探頭張望。

　　「大家唔使擔心，」天韻走到空地攤開雙手控制現場，她的話讓我再次失望，「我哋唔會咁輕易畀佢死㗎，仲有排要玩㗎嘛！」

　　該死！那班變態狂人不是在擔心他，純粹是怕他太早死沒得「玩」！也太瘋狂了吧！？

　　天韻把手指放在嘴唇上，作了「噓」的動作，上身向前傾一字一頓地說：「我、未、玩、夠。」

聯歡派對

天韻的安撫，有效地讓眾人乖乖靜下來、繼續保持站姿吃喝，身兼侍應的小丑恭敬地推新一輪食物出來默默補上。要是自欺欺人地不看去躺著的少女的話，這場面還真像公司每年舉辦的聖誕聯歡派對，同事們第一時間總會衝到外賣壽司那邊桌子⋯⋯

經醫生們一輪搶救之後，翔的心跳回復正常，不過已經陷入昏迷。儻如要趕在翔死之前完成餘下工作，他們快速換了工具，再度展開變態表演！

刺耳的聲音自醫生手上的工具發出，我的內心一沉，那工具使我感覺等一下的環節，無疑比剛才更讓人難受。醫生手上，是一把小型電鋸。

天韻回到自己的座位，忍不住解釋道：「如果用一首歌嚟比喻，頭先所謂嘅表演其實只係前奏嚟咋，可以話根本就係為咗依家嘅主歌而準備！」

觀眾立即歡呼拍掌，氣氛再度熱鬧起來。

若果剛剛那血肉橫飛的只是「前奏」，那麼接下來的「主歌」可以有多變態？相信天韻用歌曲來取代虐殺的字眼，應該如同 Octivia 先前所提到的，用以減輕貴賓潛意識裡的罪惡感吧。

　　醫生禮貌地向天韻點點頭，繼續手上的動作。他打開電鋸的電源，調較好速度後，幾名助手扶穩翔不堪入目的頭部，然後醫生雙手橫握電鋸，切入翔的後腦方！連剩下的頭骨都不放過，他要鋸爛翔可憐的頭殼！

　　「黐撚線！」我一時沒注意身旁的女士們，衝口而出。

　　血腥味、酒氣、汗味、尿騷味、體味，再加上可憐的翔所散發的爛肉味……空地那股濃烈酸臭味撲過來，使我不禁騷騷鼻子。再加上盛夏的三十幾度高溫，悶在這間沒冷氣的屋子裡，我們幾個汗流浹背，連呼吸都好像吸入熱氣一樣，我快受不了了。

　　醫生拿著電鋸圍繞翔的頭頂移動，期間血花和白色粉末溢出，失去意識的翔依舊昏迷，或是已經死去。繞完一圈後，醫生似是滿意自己的手勢，點了點頭。助手替他換上另一個工具，一把鉗子和類似一字螺絲批再度登場。我正猶豫要不要再看下去……

　　醫生雙手在頭骨的邊緣忙碌地搖來搖去，然後，我知道他要幹甚麼了！他正在揭開翔的頭殼！

　　「Fuck!!!」Octivia 緊皺眉頭，別過臉。

　　彩香冒著冷汗，沒看現場的里奈被我們的反應嚇到面青唇白。

　　繼頭皮後，醫生將翔整個頭蓋骨給拿出來！完全脫離翔的身

體！此舉使在場所有人倒吸一口氣，無人敢吭一聲。

如果說滲有血液的白骨嘔心，那麼，移走頭蓋骨後的狀況更是驚嚇千百倍！這刻的翔，臉部以下完整的身體相當正常，除了蒼白一點，起碼他的手手腳腳還正常地與軀幹連在一起。

然而，他臉上的部分根本是一場災難！一場惡夢！由眉毛對上開始，他的腦袋就這樣赤裸裸地呈現在全場人眼前！不是教科書也不是電影，灰白色的腦袋表面沾有血水，看似腸臟般皺褶地曲在一起、縮成一團。

啊！嗯！！！

嘔吐的感覺再度進攻，我終於無力與之抗衡，肚裡的東西火速自食道湧上喉嚨，我轉身一發不可收拾地吐往角落。由於今早已經把胃裡的食物吐得七七八八，現在我只吐出水和黃色膽液，喉嚨有點被酸性液體嗆到的難受感。不過這些嘔吐物根本比不上空地上的厭惡表演，現在甚至有一種「只是看到嘔吐物而已，真好」的幸福感。

最不想聽到的聲音響起，此刻天韻活潑的說話方式更顯刺耳。她跳到醫生旁，湊近察看翔那讓人反胃的腦袋，大概她也是第一次親眼看到吧。她轉向觀眾席說：「記唔記得我頭先講過嘅重點呀？」

眾人四目相覷。

她看看錶，白了他們一眼，沒好氣地說：「依家已經係一點喇，喺適當嘅時間要做適當嘅事吖嘛！唱唱聽完咁精彩嘅主歌，依家最重要嘅，梗係畀大家聽埋尾奏啦！」

嘔吐完畢，我擦擦嘴巴，酸臭味道佈滿整個口腔。現在跟我說還有尾奏？！

不止我，在場有十幾個貴賓似乎承受不了如此瘋狂的環節，默默放下餐具離席。我猜他們應該是等過了這場環節才再次加入吧。

「我頂唔順喇，」彩香無力地癱坐在地上，「冇辦法再睇落去喇……」

「我都係……」里奈掩著肚子，面如死灰。

我背向電視螢幕，眼光游走在白牆上，好讓自己放空一下。這時剛好看到一個掛牆鐘，上面指向一時正。

天韻討厭的聲音繼續入侵耳際，「食材新鮮呢一點我非常執著，所以廢話唔再多講，依家為大家呈上嘅就係呢位翔先生嘅茶碗蒸。同大家介紹一下呢道精緻嘅道地菜式係點煮㗎啦！首先師傅會將一百度高溫嘅日式高湯同冬菇倒落去，連同腦漿攪勻，然後揰出嚟拎去蒸幾分鐘，最後放埋北海道松葉蟹肉喺上面就食得㗎喇。」

「屌！」我隨手抓了塊碎石，一手扔向電視。我光是聽也覺得極度厭惡，更何況要看畫面！只是我的力度不足以破壞電視，身後 Octivia 氣得漲紅了臉，一腳踢向電視，還粗魯地把電線拔掉。做得好！健碩洋妞果然可靠！

我轉身跟她來個擊掌時——雖則目前不該擊掌——眼角再次瞄到掛牆鐘。為甚麼它會吸引我的注意呢？總覺得哪裡不合理……

看見我當機般緊盯掛鐘，里奈的話彷若明燈似的，令我頓然想通了！她好奇地問：「咦？個鐘擺喺度咁多年都仲郁得嘅？」

掛鐘有電！就如電視一樣道理！我急急搶說：「因為佢係樂園特登安排擺喺度！」

「咁又點呀，唔使咁激動呀。」彩香懶懶說。

里奈加入推理，「即係話佢哋想我哋留意住時間……頭先天韻都提咗幾次時間……」

「喺嘅時間要做喺嘅事……」Octivia 喃喃道：「個姣婆啱啱係咁講嘅……」

她把妖艷神經質的天韻稱為騷貨也不是不對……

「會唔會係呢區嘅注意事項？咁我哋依家要做啲乜？」我不

禁緊張地提高聲線,「我哋一定要避過今次嘅表演呀!」怪不得我們進入這區後,天韻遲遲沒有宣佈注意事項,説不定她早已暗示過了!

關係到生死存亡,彩香和里奈應聲站起來,四人議論紛紛。

「食嘢!」里奈對自己點點頭,「午餐時間我哋要食嘢!」

Octivia 苦笑,「喺個廢墟入面點搵嘢食呀?」

彩香準備要下樓,「食雜草啦!是但啦!最緊要係做得啱!」

吃個東西就好了嗎?如此輕率?我努力回想入園後天韻所説過的話,試圖從中找出線索。經歷完純子、久美子和翔的慘死,我誓要「勝出」這一局!縱然未必能逃出樂園,至少先保住性命!

霍地,我靈光一閃,驚呼道:「我知喇!」

你聽說過嗎？

Nara Dreamland

奈良

夢幻樂園

偷腥男女

由於時間緊逼，我氣急敗壞地直接道出注意事項：「我哋要喺一點十五分之前，即係十五分鐘內跑到樂園正門嗰度！信我啦！邊跑邊講！」

不等她們回應，我率先跑到一樓。里奈是第一個跟上來，臉頰熱得通紅問：「仲有十五分鐘，唔使咁急啦，呢度過去頂多咪五分鐘。」儘管情況如此，她還是體諒到要趕時間，沒急著要我解釋。

「出面成街都係貴賓，就算佢哋未必咁快捉人，都有可能特登阻住我哋。」我繞到後門，從空地那邊看不到的後巷，目前空無一人。

Octivia 滿臉疑惑，「點解你咁肯定你估嗰個注意事項係啱？」

此刻相信我就等於把性命交給我，我帶有歉意地説：「趕唔切喇，一路行一路講啦。」

彩香卻留在室內，拒絕跟上，「我覺得今次個注意事項係要食嘢囉。」

比較起來，里奈和 Octivia 還是選擇相信我，強拉彩香加入。

「如果係咁，」Octivia 攤開地圖，用手指劃出路線，「沿住

商店街直行會最快，但你哋要跟實我行。」

在這方面，我相信她的能力，「好！咁你帶路啦。」

Octivia 轉進後巷，我們緊隨身後。空地那邊不時傳來拍掌聲，不曉得他們還要用翔的屍體「娛樂」多久。她說要經商店街，巧妙地不挑大街走，而是沿店舖的後巷移動，避開沒加入空地表演環節、在大街上走來走去的貴賓。

「雖然個變態天韻喺鬼屋區無直接講出注意事項，但佢有提過我哋。」我悄聲道出猜測，「一早喺我哋啱啱入樂園嗰陣已經有講。」

「時間嘅重要性？」里奈試探問。

彩香用怨恨的目光盯我，固執地說：「咪話咗狗鐘要食 Lunch 囉。」

我搖頭，「我哋一入樂園，喺集合地點嗰陣，天韻每人派咗張地圖……」

「噓！」Octivia 打斷我，「行前少少再講。」

原來前面是十字路口，我們得穿過大街才能繼續移動。她探頭窺看，面有難色地回頭跟我們說：「有個變態佬喺度。」

現在是一點零二分，我們才走了幾步而已。

我從 Octivia 的角度看出去，目前大街沒人，貴賓應該走進了店裡或移動到其他區，除了離我們四、五間舖位外，有人坐在地上靠在商店門打盹。那個變態漢同樣戴了面具，看不清楚他雙眼是否緊閉著。

「二揀一，」Octivia 冷靜分析，「殺咗佢，或者冒險逐個逐個跑過去。」

我們四人再次七嘴八舌，彩香退後一步說：「我哋兜路啦，萬一佢突然醒咗點算呀？」

里奈反對隨意殺人，「我覺得佢似係玩到边瞓著咗，唔使下下都話要劏要殺㗎。」

「一嘢殺咗佢一了百了啦！」Octivia 瞪向貴賓。

彩香搖搖頭，「邊個落手先？我唔想好似翔咁違規俾人捉去表演呀！」

「我行先，你哋逐個跟㗎。」最後，我深呼吸道。

說罷我立即後悔，忍下沒說「我只係見時間一分一秒咁過，唔想再嘥時間咋」。我吞吞口水，不理眾人阻撓，輕輕踏出一步，

走到毫無遮掩物的大街上！

在她們眼裡，我的背影應該很帥氣吧？多希望可以像個英雄人物般大步大步走，這樣至少可以看起來霸氣點，而現實的我則是半蹲身子、踮腳小步狼狽地跑向對面的店舖。拜託別看到我！拜託別醒來！

她們逐一過來，期間變態漢沒醒來。成功移動後，我們四人均舒一口氣，再次進入比較安全的商店街後巷。

「我都估到個注意事項係咩喇！」里奈繼續剛才被打斷的話題，「係 Cole 你啱啱話天韻派地圖提醒咗我！個女人嗰陣講過，行晒成個廢墟大概要三個鐘，叫我哋一點十五分返到出發地點集合！呢個就係今次嘅注意事項，我哋要準時去到樂園正門口！」

「雖然唔係百分百肯定，但我覺得可以搏一鋪！」里奈比外表看起來更聰明，我點頭説：「不過我唔會逼你哋，要跟住嚟就繼續行啦！」畢竟今次的賭注是自己的性命！

「Cole！」里奈豪邁地拍拍我肩膊，眼眸閃爍光采，「我信你！」

Octivia 在最前方説：「行快啲啦！」

見她們不打算停留，消極彩香只好無奈説：「好啦。」

113

　　店舖的後巷寬度只夠一個人過，我們一個接一個，穿梭於後巷中走走停停，路上遇到有人在店內時，Octivia機警地帶我們繞過。

　　走著走著，Octivia突然瞪大雙眼指住前方的商店，透過後門的玻璃可以隱約看到裡面，「有腳步聲！快啲匿埋！」

　　甚麼？

　　在前方的彩香和Octivia快步向前衝，後方的我只好拉著里奈，竄進旁邊的商店，跑到高櫃背後躲起來。我的心臟劇烈狂跳，不曉得是因為怕被人發現，還是因為與里奈緊貼著、擠於緊閉空間裡，加上高溫使我整個人火熱起來。

　　緊接下來，後巷傳來開門聲，伴隨沉重的腳步聲！我不禁佩服Octivia靈敏的感官和判斷力，幸好有她打頭陣。

　　「嚟呢度一定無人，你放心啦。」重鼻音的男人説。

　　回應的是一把女聲，她嬌柔地半推搪道：「唔好啦，我老公可能搵緊我喇。」

　　不管他們這些爛對話是甚麼意思，最糟的是聽見他們正朝我和里奈這方向走過來！

　　從雜物的縫隙與半開的窗口窺看，有個穿便服的胖子站在我

們店外正前方,他說:「嚟啦,我保證摸兩下就放你走,好耐無聞過你嘅香味喇。」

幹!這是甚麼狀況?千萬別進來!

「咦呀,你次次都咁講㗎啦。」身穿緊身短裙和高跟鞋的金髮女子跟了過來。死胖子性急地伸出「鹹豬手」對金髮人妻毛手毛腳!

明明兩人也是戴著那該死的面具,到底是怎樣?不曉得對方身份還要偷腥,是這種刺激感激發他們要這麼做嗎?在血腥的廢墟裡面?這班有錢人的生活還不夠快樂嗎,怎麼口味如此另類?!

他甚至一把抱著女人,一頭栽進她懷裡。金髮人妻作勢推開他,「哎呀唔好咁啦。」卻任由胖子亂摸。

里奈倏地用力撞撞我手臂,示意我看去後門。一看……糟糕!剛剛只顧衝進來,忘了關門,現在後門正打開!而一路上所有後門是關閉狀態,現在唯獨我們這店開門了!

「咦,係咪有人喺裡面呀?」金髮人妻與胖子激情舌吻間,居然留意到我們這邊的門打開了!

胖子立刻警戒地停下動作。然後,我聽到有人踏入店內。

先發制人

　　散發霉味的店內空間大概才三百呎左右，他們進來幾乎一眼看盡整家店。幸而這是一間書店，放滿不同高矮的書櫃、一大堆雜物、堆疊封塵的書，以致未有即時發現躲在角落處的我和里奈。

　　從雜物縫隙中偷看，好色胖子已經走到店中央，而金髮人妻則留在後巷不敢進來。胖子在跟我們距離不到半米的前面經過，走去打開店的前門向外張望。

　　此刻，我連自己的呼吸聲都略嫌嘈吵！里奈卻漲紅了臉、皺著眉頭、緊抿雙唇、兩指緊捏鼻子……該不會是……想打噴嚏吧？

　　天呀！別再折磨我好嗎？！這對狗男女快點走！快點走！快點走！

　　咦……還是……？我們有四個人，而他們僅兩人，只要被其他人發現前解決他們，我們就可以繼續快速上路。畢竟他們只是貴賓而已，應該比較易對付。

　　當我在盤算期間，金髮人妻急道：「喂！你快啲睇手機！佢哋喺附近！」

　　甚麼？！

「係喎！」胖子掏出手機，「究竟走咗去邊？」

來不及回答，後巷陡然傳出一把女聲大叫：「去死啦！」是彩香的聲音！

「嘩！」金髮人妻尖叫。

我們這邊看不清楚發生甚麼事，只聽見 Octivia 急叫「你哋都出嚟幫手」，我當下明白了。她們選擇先發制人！

我二話不說地大力推倒書櫃，壓向正跑去後巷的胖子。Bingo！這下你還不被壓死……！？

該死的書櫃本身已經殘舊不堪，被胖子這麼一撞，反倒應聲裂開。

今日究竟發生甚麼事？再倒霉也該適可而止了吧！先是誤打誤撞進入了殺人樂園，逃亡時不斷遇上阻滯，還意外打斷想偷腥的狗男女，突襲死胖子更落得失敗收場……

面前的胖子生氣得青筋暴現，雙手緊握拳頭。被這名身高一米八的二百多磅外籍胖子瞪眼看，我卻只懂呆站著！

糟了……我好像看到他憤怒得頭頂冒煙……

「乞嚏！」里奈這下總算大解禁，大聲打了個噴嚏，使我猶如解咒般清醒過來：距離集合時間只剩十多分鐘，如果在這裡被逮住，代表無法達成注意事項，我們全部都會死！

這可是生死一戰！

「呀！！！」我亂抓身邊一塊硬物撲向胖子！里奈用剛剛沿途拾起的鐵枝一同刺向他！

「死八婆！」看來後巷的三個女人也扭打在一團。

只是我和里奈分身乏術，胖子被硬物打中後縮都沒縮一下，接著一拳把我打飛。瘦削的我沒用地撞向牆壁，此時他再抓著里奈的鐵枝！

里奈整個人愣住，與胖子的眼神對上！他會拿她如何？

啊！我想到他的弱點了！

「面具！」我連忙大叫，「除低佢面具！」

在社會上尊貴又有頭有面的他們，之所以膽敢盡情虐殺，是由於樂園保障他們可以不顧後果——匿名和逃過法律制裁。

萬一身份曝光，難保離開樂園後會遭同行者背叛，甚至讓「圈

外人」知道他們的變態行為。他們定必難以承受輿論壓力，甚至被判刑，所以面具應該是他們的最大弱點！

反應敏捷的里奈跳高兼伸手想摘掉胖子的面具，他見狀一手撥開里奈的手，左搖右擺地衝向前門，可惡地大叫：「救命呀！救我呀！」

混蛋！他為了保住自己身份丟下金髮人妻，獨自逃之夭夭！

「唔好去呀！」里奈想追出去，我拉著她阻止道。

她激動地說：「佢咁叫實會引晒成班人過嚟㗎！」

「我諗未必。」我簡潔答。
「你哋點呀？」Octivia 和彩香喘著氣跑進店裡。
「唔知點解，總之佢哋其實係知道我哋大概位置。」我向一頭霧水的里奈解釋，「咪住先，個鬼婆點？」

Octivia 昂首道：「俾我哋殺死咗。」

我已無心思考慮該不該為了自衛而殺人之類的道德問題，急說：「邊行邊講，唔好追個肥佬，Octivia 帶路。」

Octivia 瞥一眼地圖，雙眼發亮，「穿過間屋，前面就係正門喇！」

彩香催促道：「快啲行啦！個肥佬咁樣大叫好快會有人嚟㗎！」

經過後巷那金髮人妻的屍體時，我脫下她的面具，期望認出是哪位明星或名媛，結果只是個曬成小麥膚色的洋妞一名，身材倒是蠻不錯。

里奈掏出電話，快速拍了人妻屍體幾張照片，狠狠道：「呢啲係證據，離開呢度之後我會報警！」

前提是有命活著逃離這座血腥廢墟。

我們往目的地快跑，我道出推理：「頭先對狗男女望下手機就知我哋喺附近，咁好明顯我哋身上有追蹤器。」

「點會呀！」彩香驚呼，「知嘅話樂園班人一早嚟捉我哋啦。」

里奈幫腔道：「應該淨係可以睇到大概位置，未話精準到知道確實地點。」這點剛才從那對狗男女的對話印證了。

「係。不過佢哋唔捉人，最重要係因為時間未到。」我說：「我覺得，喺未知我哋做唔做到注意事項之前，佢哋係唔會郁手，我諗呢個亦係點解我哋一路過嚟，而未俾小丑捉走嘅原因。」

「屌！點解我咁大意！」跑在最前的 Octivia 咒罵，她邊向前狂奔，邊高舉手中的小東西好讓我們看清楚。

鮮紅底色上有個笑容扭曲的小丑臉——天韻一開始派發的旅行社胸章！

「呢個應該就係追蹤器！」Octivia命令，「大家扔咗佢！依家！」

迷人的小古堡設計夢幻樂園正門就在眼前，我甚至有聽見它呼喚：來吧～過來吧～的錯覺，只消一個轉角就到！現在才一點十分，大家都相當雀躍，成功在望！

怎料一拐彎，Octivia驀地急刹停，令後方的我們三個碰撞在一起。

「乜料……」里奈罵了半句，看見眼前光景，倒吸一口氣。

夢幻樂園正門前商店街的狀況，使我們四人不知所措，怪不得明知趕時間，Octivia還停下步伐。

距離時限尚餘五分鐘，我注視面前令人咋舌的環境，思考下一步該怎樣做……

生死對決

我們四人站在商店街正中央，左右兩排商店一路伸延至正門，大概有百多米距離。正門那邊擺了一張長桌，上面堆滿食物和飲

品，宛如等待開辦生日會似的。

讓我們摸不著頭腦的，是兩旁的熱鬧人群！

兩排的商店前站滿了貴賓，空出大街走道一字排開，當中不見天韻身影。他們看到我們到達後即時熱烈地鼓掌歡呼，只差沒叫出「Surprise!」來歡迎我們，貴賓們甚至拿著電話興奮地拍攝我們！

「又想點呀佢哋！」我咒罵道。

里奈茫然地朝正門看去，「不過咁樣證明咗一點，就係 Cole 估中咗個注意事項。」

沒錯，若果這裡不是執行注意事項的場地，樂園不會安排貴賓在這裡集合吧。

大量西裝漢擋在貴賓面前，攔下一些想走到走道中央拍照的人。樂園如此嚴格地控制他們的移動範圍，這種安排似曾相識……

「咁熟口面……」我嘀咕。

里奈愕一愕，「主題樂園一有巡遊表演嗰陣就係咁！」

沒錯！可是，樂園故意空出道路好讓我們走過去？如果是這麼容易又沒趣的環節，怎會邀請貴賓觀看呢？而且要出動專業西

裝保安和攝影師把我們直播放上暗網，我認為這裡並不簡單。

「依家點算好呀？」彩香心慌意亂。

Octivia 閉目深呼吸了一下，睜眼堅決道：「準備好你哋嘅武器，我哋衝過去！」

一路上我們收集了不少雜物湊合作武器使用：Octivia 緊握從金髮人妻屍體取走的小刀、里奈有鐵枝、彩香和我的是玻璃碎片。

「唔好去呀！」彩香拉著 Octivia 的手，擔心道：「佢哋咁嘅款，我覺得係陷阱！」

「時間無多，」我支持 Octivia，「我哋數三聲一齊跑過去！」

里奈大力點頭，「好！」

「萬一跑跑下班人衝出嚟點算呀？」彩香依然不從，僵直身子。

我分析，「我唔覺得呢度嘅敵人會係佢哋，你留意下班保安係唔畀佢哋走過嚟，反而驚我哋整傷佢哋就真。」

再怎麼說他們都是貴賓，若果西裝漢不在，此情況下我們還可以捉走一、兩個作人質。

Octivia 叮囑我們邊跑邊注意路面狀況，「地板如果睇落怪怪地就避開，仲要睇下有無陷阱常用嘅魚絲等等。」

「廢話少講！行啦！」里奈逞強大叫。

「我跑先！」Octivia 豪邁地率先出發，「你哋跟喺我後面，踩返我跑過嘅地方啦！」不愧是受過軍訓！

讓里奈和彩香先行，殿後的我也連忙跟著出發了！

「Hell Yeah!」「跑啦！」貴賓們亢奮地叫囂。

總覺得很不妥，卻沒其他辦法了。一路上相當順利，只是沒有運動習慣的我跑得有點喘氣。難道樂園純粹想讓貴賓見證我們成功的喜悅，緩和一下早上緊張噁心的氣氛？

忽然，混雜在人群的叫聲裡，我聽見身後驟然傳來急速的腳步聲！

來不及回頭，一陣劇痛使我蹌跟地倒在地上！手臂受傷流血！

「哇！」在前方跑遠了的彩香大叫，她們同時受襲！

小丑擋在我面前，紅唇裂嘴而笑，右手一把切肉刀、左手一把斧頭。在他身後還有三個小丑正攻擊 Octivia 她們！

我明白了！他們沒有動用專業西裝漢，卻安排與我們人數和實力或者差不多的小丑對付我們，是故意讓雙方形勢不相上下。

如果我們只是一面倒被打，對付錢來看戲的貴賓來說相當沒趣。相反，你死我活的打鬥能好好娛樂他們！不消說，樂園應該又在暗網開了賭局之類啦。

所以先前一直明知我們身處地點而沒有來捉人，是為了讓我們順利上演這場好戲，好讓貴賓能親眼、近距離觀看生死對決！

我緊急對前方的女生們大叫：「殺死佢哋！我哋有機會㗎！」

Octivia 跑得最快，三名小丑不夠她跑只好圍攻里奈和彩香。Octivia 在前頭厲聲提醒我們道：「唔好硬碰！跑到終點就得喇！」

我站起來，瞪向眼前的小丑。他將斧頭丟到地上，挑釁我地用手勢叫我上前。

管他的！我撿起斧頭，飛快衝向小丑。他後退一步，揮揮手上的切肉刀，我胸前馬上出現一橫傷口，血液頓時染紅 T 恤！

三個念頭快速閃過：痛得要命！他太快了！我或許打不過他！

「Wow!」身旁的貴賓叫道。

我轉頭瞥他一眼，西裝漢馬上擋在他面前，看來確實沒可能把觀眾捉來當人質。

小丑不等我回氣，一個箭步上前，長刀一伸，我的腰際又中一刀！傷口瞬間滲出血液！媽的！

或許體內的腎上腺素減輕了痛楚，我趁小丑收刀的空檔，雙手舉起斧頭奮力砍向他肩膀！他卻巧妙地側一側身，斧頭剛好落空。

糟糕！我終於認清事實：我根本不是他的對手。只好趁這空隙，發力向終點全速奔去！

不需殺死小丑，只要我到達終點就可以了——這才是今次要達成的注意事項！

Octivia 已經在終點，即正門前的生日會長桌等著我們；不曉得怎樣辦到，里奈和彩香已解決兩名小丑，越過另一名小丑正跑向終點。

這代表甚麼？

我前方還有一名小丑，身後也有一名正追殺我，而親愛的盟友們差不多完成注意事項，剩下我一人孤身作戰！

與現在相比，剛剛與好色胖子於書店的對決根本稱不上生死

一戰！

立在終點的跳字大時鐘，正為餘下那可憐的一分鐘倒數中。

亡命賽跑

眼見里奈和彩香快到達終點時，冷不防里奈猛然停步回頭望向我，眼神充滿信心和不服輸的倔強。

她打算回來營救我？可是以她的身手鬥不過小丑！

倒數一分鐘。

「停手！」她大聲斥喝，其霸氣令小丑們注目。外表柔弱的少女有股懾人的自信，觀眾們瞬間靜下來看她有甚麼話想説。

「我突然諗到，呢一場我哋根本就唔使鬥，你哋一定要輸！」她氣宇軒昂地笑了笑。

「里、里奈，你講咩呀⋯⋯」眼見一秒一秒地過去，我焦急地催促。如果對方是別人，我必定會混搭髒話來加強語氣。

「你哋唔准郁手！」她亮出手機大喝，「如果唔係我踢爆貴賓嘅身份畀所有人知！」

這下小丑果然怔住，連身後的小丑也不敢再跑。看來她這招有用！

她乘勢說：「相信後巷條屍你哋收咗啦，不過你哋未必知道嘅係，我影咗相。」

對對對！剛剛里奈拍下了金髮人妻的照片，本想作證據用，想不到此時竟然可以成為救命籌碼！太聰明了！

聽見死屍和有相為證，貴賓嘩然一片，看來樂園把貴賓死亡的消息壓下來。我留意到負責直播拍攝的攝影師馬上把鏡頭撥開，相信他收到園方指示暫停直播。

他們在害怕！

「你哋或者以為停咗直播，出面就無人睇到我電話入面張相，」里奈鏗鏘有力地說：「但呢度所有人會睇到，而且佢哋亦都認到呢位死者係邊個人嘅老婆，而佢今日亦有嚟到。」

縱使我認不出金髮人妻是何人，然而富豪圈子中大家應該有見過面。如果看到人妻的臉，自然會知道她老公是誰。

「如果俾我哋喺限時之前，安全跑去正門，」她再度揚揚手機，「我保證會將部電話交畀園方。」

　　始終，保密貴賓身份是讓他們光顧的首要條件，若果無法做到，定必讓樂園生意大減。這便是樂園和貴賓的最大弱點，亦是我們這關唯一的談判籌碼。

　　里奈恰到好處地沒要求樂園直接放走我們，只要求平安過這一關，再加上肯將電話交出，如此不過分的條件才讓雙方有商量餘地，不然園方一定不會考慮。

　　說話的期間，里奈保持步伐繼續走向終點。她的手指放在電話解鎖鍵上，神情肅穆地道：「時間無多喇！」

　　倒數二十秒！

　　彩香湊近里奈耳邊說了幾句話，使得 Octivia 上前擋在她們中間，不過我自身難保，沒時間理她們了。

　　深知小丑不是決策人，而那班幕後主腦此刻應在爭論中，我管不了那麼多！我舉步向正門跑去！

　　里奈，希望我們的賭注押對！

　　跑到小丑身旁，不曉得是由於激烈短跑，還是太過緊張，我心跳聲噗通大響。園方隨時下令把我殺掉，賠上公開貴賓身份以建立威信。

「Cole！跑快啲！」Octivia招手叫道。

最後十秒！

現場亢奮激昂的氣氛推到最高峰，所有觀眾猶如為除夕倒數，開始齊聲高呼：「十！九！」

我緊緊握住斧頭，越過小丑時與他的雙眼對上。

「八！」
我赫然發現小丑面具下的他，雙眼是充滿驚恐！他怎麼可能會怕了我呢？

「七！」
「快啲啦！差幾步咋！」混雜在瘋狂叫聲中，正門那端的里奈她們叫道。

「六！」
看到地上貼有一條黃色膠紙，相信就是終點線！

「五！」
終點近在眼前！

「跳過嚟啦！趕唔切喇！」彩香叫道。

「四！」

對！我使出畢生最大力氣猛撲過去！只能以撲向地面的姿勢越過終點了！

「三！哈哈哈！」

幹！我竟然在終點線外著地！！

「二！」

超出體能的快跑、加上急躺地上，此刻要站起來再跑過去，已經來不及了！

糟了糟了糟了！就只差那該死的幾步！

「一！」

初勝一局

「恭！喜！你！呀！」喇叭大聲傳出天韻的歡呼聲，聲音之大甚至令喇叭產生刺耳的雜音。

眨眨眼，我已半倒在終點線內！成功了！

「Cole！」里奈激動得抱緊我哭泣，暖暖的體溫貫入我的身體。站在我們身旁的 Octivia 和彩香也眼泛淚光。

得救了！我們不用表演了！

在最後一刻，里奈奮不顧身地跑離終點硬把我拖回去，加上健碩的 Octivia 出手相助，我們全員成功到達樂園正門！

「連動物都識救同伴，作為人類嘅我哋更加唔可以見死不救。尤其係依家咁嘅環境，救到一個得一個」——我想起里奈說這番話時，那凜然莊嚴的神情。

「多謝你，里奈。」我對上她漂亮的雙眼由衷道。

若然沒有她率先過來幫助，Octivia 應該不敢莽動。再加上，利用金髮人妻遺照威脅樂園這點也是出自里奈，她可說是我的救命恩人！

她咬著唇點點頭，一個堅忍的眼神勝過任何言語。

溫婉美麗的外表，卻有硬朗的作風，大概是為了保護自己所養成的習慣。只要細心觀察她的一舉一動，絕不難察覺她只不過是個外剛內柔的女子。

不知道為何，我心血來潮有股想親吻她的衝動，可能被勝了一仗沖昏頭腦。或許，待成功逃離樂園再說吧。

「恭喜我哋可愛嘅表演四人組，順利完成注意事項，」天韻

始終沒現身，只靠喇叭對我們說話，即使我們成功避過一場虐殺表演，語間亦沒有半分婉惜，「畀少少時間大家休息下啦，麻煩合作一下。」

她這話的意思是，除了因違反注意事項而被虐殺的表演者外，我們光是執行注意事項的過程，也可被視為是表演吧，不然也不會召集貴賓們站在商店街兩旁。

幾名小丑西裝漢警戒地走到我們面前，大家明白所謂的「合作」是要我們遵守諾言，把我們電話交給他們，以免再有同類威脅事件發生。

沒收電話後他們離去，看表演的人潮也逐漸散去。我們四人坐在正門附近休息，幾名小丑站在正門前，而且有木板擋著，我們看不見園外的情況。

想起最初在園外，天韻搬開其中一塊木板後，我們爬進來時是多麼的期待興奮，現在卻千方百計想逃出去，還真是諷刺。

我微微嘆息，壓低聲問 Octivia：「依家得幾條友企喺度，有無機會打低佢哋出去？」

「依家未係最好時機，」她早已計算好，所以一聽見我的問題，便立即搖頭，「佢哋一定會有防範，就算出到去，我相信外面都會有班人等住捉返我哋入嚟。」

133

　　先前我們已經成功逃出過樂園一次，最後還是被巡邏車抓回。不行，得先有個萬全方法，才好嘗試衝出樂園⋯⋯

　　彩香拿了長桌上的水來喝，被里奈伸手攔截。里奈不可思議地盯看著彩香，問：「你唔驚佢哋落咗嘢咩？」

　　她聳聳肩，「既然天韻講得依家係休息時間，無人喺度睇表演，樂園唔會對我哋出手住囉。」

　　Octivia同意，「何況如果佢哋係要搞我哋，唔使落藥。」

　　我們四人相比園方，處於絕對的弱勢。他們之所以遲遲未殺光我們，純粹為那班變態貴賓增添樂趣而已。

　　事實總是如此絕望。傷害我們的是人心中的惡魔，同時也是這隻惡魔拖延我們被殺害的時間，我再度搖頭苦笑。

　　剛才整個人趴在地上，膝蓋擦傷了，Octivia使用長桌上的醫療用品替我處理傷口，里奈滿臉悲傷瑟縮在一旁。

　　「里奈，你無事嘛？」我想不出安慰的話。
　　「點解我要咁貪心⋯⋯」她的淚水再次在眼眶打轉，添上幾分凄美，「為咗收嗰少少錢入嚟呢度⋯⋯」

　　Octivia停下手上動作，緊張問：「為咗錢？你究竟係咩人？」

她的反應未免也太大了吧，是否誤會了甚麼？

我連忙擺擺手，替里奈解釋道：「喔，里奈係我畀錢請嘅Model，本來約嗰個女仔今日唔舒服，里奈算係代班。」

「特登畀多嚿錢請人入嚟？」Octivia 挑挑眼眉，疑惑地打量我和里奈。

她該不會以為里奈是兼職女友吧？我張口結舌。

「未見過龍友咩你！」看來 Octivia 質問的語氣觸動了里奈的神經，她用手背印印眼角，坐直身子辯護。

要不是被樂園沒收的話，我倒想揚揚掛頸的寶貝相機。有點愕然的我只好實話實說：「反正本身 Book 好咗兩位，畀晒錢嚟喇，最後佢唔嚟啫。」

「邊個佢？點解唔嚟呀？」Octivia 毫不客氣地問到底。

里奈架起保護者的氣勢，差點想站起身，「做乜嘢你？Cole做錯咗咩得罪你呀？」

為免誤解愈來愈深，我按按里奈，唏噓地答：「本身嚟嗰個係女朋友，依家變咗做我個 Ex 喇。」不想被 Octivia 乘勢追擊，我急問她：「咁你呢？點解入嚟嘅？」

里奈馬上流露出「愚子可教」的欣慰表情，安坐下來喝水吃零食，至少 Octivia 的質問讓里奈振作起來。

我的反問倒令 Octivia 怔一怔，「參觀下、影下相，我諗彩香都係啦？」

她巧妙地把焦點轉到彩香身上，忽然被點名的彩香愣住了。

「如果唔係我話要嚟……」彩香頹然地看著腳尖，狀似準備啜泣道：「純子同久美子就唔使死……係我害死佢哋㗎……」

「照你咁講，咁我咪害死里奈？」我擔心里奈也變成怨婦，目光小心地飄往她。

里奈理直氣壯地說：「咁大個人，要點做唔輪到其他人話事啦，選擇權喺自己手㗎嘛。」幸好她是這樣想。

「但純子佢哋……」彩香嘟囔。
「好喇，」里奈打斷負能量彩香，安撫大家，「唔好再諗點解會入嚟呢度，我哋依家要專注嘅係，樂園今次會宣佈咩注意事項。」

我同意，「喺，我哋要預先準備好，遵守好所有注意事項！」如此便沒有人會再被送上虐殺舞台。

彷彿計算好時間，喇叭停止播放音樂，天韻清脆的聲音，為

下一場表演揭開序幕,「好喇,大家都休息夠喇,係時間做下飯後運動——」

天韻說的話往往包含注意事項的暗示,我們全部霍地站起身,打醒精神把她一字一話記下來。

她續說:「大家拎齊工具,去鬼屋區集合啦。呢局畀你哋殺死一個人,記住呀,只准一個,唔可以多呀。」

咦?

「咁依家開始啦!Show Time!」說完喇叭再度播放背景音樂。

這次她直接道出注意事項,可是我卻完全聽不明白!

女巫城堡

「咩意思呀?」我驚訝問道。
「個癲婆叫我哋殺人?點可能呀!」彩香跟著問。

里奈難以置信地搖頭,「我唔想殺人呀……」

我腦內快速整理一下天韻剛剛的話:接下來是「飯後運動」,要「拎齊工具去鬼屋區」,「你哋」可以殺死一個人。

以上就是注意事項。

我急道：「去咗鬼屋區先！嗰度係做注意事項嘅場地！」

Octivia 沉思半晌後説：「Cole 講得無錯，個姣婆想我哋去嗰邊殺人！」

「咦唔係喎，」里奈道出我的疑惑，「佢係講『你哋』，無講明係班貴賓定係我哋，會唔會一去到嗰邊就俾佢哋追殺㗎？」

我補充道：「佢亦無講被殺嘅會係我哋其中一個、小丑，定係貴賓。總之，我哋趕去鬼屋區先，驚佢又有時間限制。」

「咪住，」彩香説：「佢叫我哋去鬼屋區之前要拎齊工具，我哋係咪要搵啲咩嘢先？」

「殺人兇器。」Octivia 斷言道：「要去鬼屋區殺人，梗係要拎架撐。」

「Octivia，」我問：「呢度行去鬼屋區最快嘅路係點行？」

她應聲攤開地圖，指尖放在上面，「經商店街，直行到尾轉右。」

這樣的話，我們只經過一個點——廢墟樂園的標誌：城堡。

　　大家會心點頭，里奈拍拍眾人肩膀豪爽道：「去城堡拎架撐！行啦！」

　　以上一場表演的經驗參考，我們移動到新地點期間應不會受襲擊，不過難保遇上零星不聽話的貴賓如那對偷腥男女，所以眾人仍是步步為營，街上暫時不見人影。

　　關於進行地點，我有一處不明白，「你哋仲記唔記得，關於注意事項嘅模式呀？」

　　彩香走在最後方，不屑地問：「無啦啦提嚟做乜？」

　　里奈最會配合我，嘗試答道：「注意事項分兩類：『千祈唔好做』同埋『一定要做』？」

　　「此其一，」我搖搖頭，「另一樣係執行地點：上一區違反注意事項，要喺下一區表演虐殺，有無印象？」

　　領頭的 Octivia 專注路面情況沒搭話，彩香興趣缺缺問：「咁又點呀？」

　　我說：「你哋唔覺得頭先翔嗰個表演怪怪地咩？本身我哋喺鬼屋區，但要跑嚟商店街呢度做注意事項，即係亡命賽跑，做完之後又要去返鬼屋區嗰度再做注意事項。」

按照先前順時針的規律，由水上樂園開始，之後是動物園區，然後到鬼屋區，那麼，翔在鬼屋區表演後，我們理應要在鬼屋區執行亡命賽跑，而非商店街。

里奈皺眉思考，害我有衝動把指尖放到眉心以緩她的煩惱，她道：「講起又真係有啲奇怪喎，計起嚟啱啱嗰場似係額外加落去咁！」

「無錯！」果然瞭解我的思路，「我正想咁講！」

彩香再度吐糟，「超，知道又點啫，咪又係一樣！」

「咁又唔係呀，估到個模式同特徵可能搵到避開被殺嘅方法，」里奈說明，「好似啱啱嗰場，分出貴賓同工作人員嘅身份，再用貴賓嘅弱點攻擊樂園。」

我借機調侃里奈，用手肘撞撞她，「都係里奈叻，救咗我一命。」

她的雙頰霎時緋紅，低頭輕聲說：「出返去要好好報答我呀。」

里奈的話使我胸口猛然一揪，若然我們能活命逃離樂園的話，我一定……

我搖搖頭，把注意力放回分析上，「我想講嘅係，喺執行地點呢一點，樂園好似特登打亂咗次序。所以等陣去到鬼屋區要小心，

『注意事項』同『表演』嘅地點未必順序。」

Octivia 此時說：「Cole，個姣婆話要喺鬼屋殺人，我諗『注意事項』同『表演』會喺同一個地點都唔奇呀。」

說不定這一次做錯時，會即場受罰，不再如之前要等到去下一區，換言之，死亡會來得相當突然。

萬分的無力感再次壓在眾人身上，樂園單方面設下所謂的規則後，隨時無章法地更改，我們根本無力反抗。不要說制定逃走大計，連應付每場表演的力氣也快用盡了。

「到喇。」Octivia 道。

聳立在我們面前，是一座約七層樓高的城堡。它不如某主題樂園的古城堡般充滿公主童話氣息，反倒散發一股蕭瑟冷清，像是女巫才會住的鬼地方。

掉色又滿佈塗鴉的城牆外，左右兩個小水池上各擺了一個銅鐵騎士，不知何人所為，它們臉上戴著白色尖臉的驚嚇塑膠面具。

小池中央有一條木橋，要經過它才能走入城堡。城堡的大木門惹人厭地半虛掩著，只留一道小縫讓人看不到入面有甚麼。一陣刺激性的酸臭味撲鼻而來，城堡裡面究竟放了些甚麼？！

門前，突兀地放有一個充滿古西方風的實木大箱，箱蓋關了起來。

四人你眼覷我眼，很明顯，天韻要我們在這裡取得她所說的「工具」。

四面楚歌

我們駐足在小橋前，彩香顯得畏畏縮縮，「我哋行過去嗰陣，入面會唔會唔知有啲咩跑出嚟㗎……」

Octivia 冷眼彩香，「咁咪唔好過去拎嘢囉。」

「咁樣講，天韻又無講明要去邊度拎工具。」我指出。

Octivia 站在我們最前方，舉步帶領我們進發，「今朝經過呢度嗰陣，未見有呢個木箱㗎，我覺得佢哋擺咗啲嘢落去。」

「咁一齊行啦。」我瞥一眼正後退的彩香，「拎工具係其中一個注意事項，最好我哋人人有做。」

她此際選擇臨陣退縮，蒼白的嘴唇吐出：「我受夠喇！」

我不禁皺眉，「咩料呀？」

彩香索性坐在地上，賴皮地説：「我唔想再咁樣疑神疑鬼行落去喇！反正咩注意事項咩表演主角都係你哋估估下咋嘛！」

Octivia 不耐煩地停步，毫不修飾地指摘她，扯高嗓子道：「What the fuck！咪嘥時間啦！」

「講真，呢次啲注意事項係好可疑。」里奈替彩香説公道話的口吻，「天韻咁直接講晒出嚟，而我哋嚟到城堡呢度，又竟然有盒嘢放好晒等我哋去拎……會唔會有陷阱㗎？」

她的擔憂我當然明白，正想開口時，Octivia 打斷道：「我有個諗法！」

我們齊齊抬頭聚焦到她身上。

「就咁睇，其實要行去打開個木箱，都有幾條路，唔一定要經呢條木橋。」她指指水池，「例如我哋兜去側邊行落水池，再爬上去。」她再把手舉高一點，揚起下巴，「仲有，可以兜去城堡後面，由後門入去城堡，再行返嚟前門呢邊拎嘢。」

「咦！」里奈的表情，似是叮的一聲想到甚麼，「Octivia，照你咁講，會唔會係樂園特登整個選擇題俾我哋呀？幾條路入面揀一條嚟行。」

「有四條路揀又點呀！我就係唔想過去！」彩香總愛唱反調。

四條路？喔……

「其實，我覺得反而係要我哋分開行。」我更正，「分開左右水池為各兩條路，加埋正門同後門，啱啱好有四條路，而我哋又啱啱好四個人……」

里奈苦惱地說：「聽落去咁似抽籤咁……會唔會其中一條係死路嚟㗎？」所謂的「死路」是指死胡同還是會奪取人命的路呢？

最後我們決定不再浪費時間討論，直接投票到達木箱的方式：一人各行各路，還是四人走同一路，結果是後者勝出。大概在這個令人膽怯的廢墟裡，大家都不想獨自一人吧。

為了鼓勵負面的彩香一同前往，我們讓她挑選哪條路，她指向正前方。

里奈不禁揶揄，「搞一大輪，咪又係行返呢條路。」

彩香別過臉，厚著臉皮道：「我唔要做第一個行先㗎。」

里奈嫌她麻煩，搶先當第一人踏上木橋。我緊張得撲向里奈，以為會有甚麼陷阱，結果沒有。

木橋的寬度只夠兩個人過，兩旁作圍欄用的鐵鏈已經生鏽斷裂在地上，不過這種高度跌落水池不會有危險，頂多弄濕一身。

「呃……我驚有危險。」我搔搔後腦。

里奈以笑帶過我的窘態,「行啦,未到鬼屋應該唔會有咩嘢嘅。」

越近城堡,酸臭味越是刺鼻。門內裡面到底藏了甚麼鬼東西?

走了十幾步,來到木箱前,她們幾個女人無聲地一同凝視著我。嗯,這種時候就不喊男女平等了嗎?

我指向身後的城堡大門問:「你哋唔打算睇下入面有咩嘢先?」

彩香將我推近木箱說:「開箱先啦!」

我佇立在木箱前面,深呼吸一下。

Octivia 提醒:「我係你就唔會企喺正面開。」

有道理。我挪到木箱旁邊,緩慢地向鎖頭伸手。一秒一秒過得很慢,我的手指仍未觸碰木箱。對啊,我萬分不願做開箱人……

「喂!快手啲啦!」里奈大眼靈動地眨了眨,「唉,等我嚟喇!」

不愧為女中豪傑,行事俐落。

可我不想在她面前顯得太膽怯,按下她的手,我一鼓作氣地

打開鎖扣,揭開木箱!

遊戲藥草

轟轟轟轟!——戲劇性的爆炸聲並沒有響起,甚麼也沒發生。

待在大木箱裡面,果真是滿滿一堆武器!從不同長短的刀劍、鐵棍、斧頭,甚至在電影裡出現的弓箭都有⋯⋯

一如天韻的注意事項之一:拿工具。

「哇!中六合彩都無咁開心呀!」嘴巴這樣説,不過里奈的表情霧了一層憂愁。

我明白她的心思,彩香問她:「你個樣唔似咁覺得喎。」

Octivia 不理眾人,率先挑選武器。

里奈罕有地消極起來,坦白道:「樂園喺呢個時間界咁多架撐,鬼屋區一定有勁嘢等緊我哋⋯⋯就好似,打機要打大佬之前,通常都界定一大堆藥草你咁⋯⋯」

遊戲中的藥草能回復生命值,現實中人命並不能如此輕易挽回。更何況,在廢墟樂園違反注意事項後,每一場表演的結局,只有死。

　　我自然地摸摸里奈頭頂，安慰道：「正因為咁，我哋更加要好好利用呢個機會呀。」

　　彩香加入 Octivia 一起，將箱內的東西逐件攤出來，這時 Octivia 早已經裝備好自己，開始把適合的武器放在我和里奈身上。

　　「喂！嗰邊！」里奈啞然。

　　一陣騷動。

　　自我們剛來的方向，赫然冒出十餘名拿著黑色棒子的小丑跑過來！

　　里奈腿軟一下，「佢、佢哋做乜呀？」

　　我連忙拍拍 Octivia，「喂 Octivia 拎完好走喇！」來者不善。

　　不等我們，彩香舉步跑去城堡大門。我們跟隨她，里奈在身後發出尖叫。她被小丑纏上了！

　　到底甚麼一回事？！難道我們做錯了甚麼，引致他們來阻撓我們嗎？

　　他們手上的黑色棒子末端嗞嗞地閃出藍色光芒，是電擊棒！里奈不甘示弱地胡亂揮動小刀，害他們急後退時撞倒一名在木橋

上的小丑。

瞬間，我知道濃酸味的來源了！小丑失去平衡掉到水池內，池水不深，大概到小腿位置，但殺傷力驚人！

「沙沙」聲響起，他全身忽然竄出白煙，恐怖的是他的皮膚！冒起一片片像是火灼過般的血紅色傷口，他痛苦地吼叫想爬上來。

是鏹水！水池內盡是強酸性的腐蝕液體。惡酸味並不來自城堡裡，而是木橋兩旁的水池！

完全無法想像，萬一我們剛剛選擇四人各走各路，或四人同走水池路的後果會是怎樣……按樂園的惡趣味，不難猜測他們一定有辦法逼我們走完整條路！雖不一定致死，卻相當折磨。

鏹水把小丑部分塑膠面具溶解，溶液直接黏住皮膚，與灼傷的傷口爛成一塊！白膠溶液與粉嫩傷口糊成一團！

「嗚呀！！！」

不消說他身上接觸到鏹水的衣物已被溶掉，繼而要侵蝕裡面的皮膚。所幸是同行人及時把他拉上木橋，不然失去視覺的他，不曉得能在腐蝕泥沼裡掙扎多久。

我和里奈乘勢逃離城堡，拐角轉入小巷，快要進入鬼屋區範

圍了。

「喂!」有人耳語,「入嚟先!」

Octivia 自荒廢的女廁探身而出,一把將里奈拉進去,我慌忙跟上。

有六個廁格的女廁雜草叢生,長年沒人使用之下,霉味蓋過尿騷味。透過小窗望出去,上頭聚了多片雲朵,形成黑壓壓的陰天。

彩香在破爛的鏡子前整理儀容,Octivia 緊張地掃視我們全身間:「你哋有無受傷?」

受驚的里奈神情呆滯,我擺擺手答:「無事無事。」

Octivia 來回看著我們二人,「頭先咩事,班人點解無啦啦衝出嚟?」

「我都諗緊。」我探頭看向門外,不曉得外面的小丑何時會發現我們在這裡,「唔講呢個住,依家我哋要入鬼屋區喇,有咩策略?」

Octivia 面有難色,「始終要解喺天韻個注意事項先。」樂園的注意事項操控我們生死,一切行動按他們的要求。

「你哋可以殺死一個人」——這就是我們進入鬼屋區後要做的事。

「我哋有三個選擇。」我逐一舉起手指,「一,我哋等陣捉個貴賓殺;二,俾佢哋殺死我哋其中一個;或者……」我不想説出口。

「我哋自相殘殺,直到其中一個人死。」彩香凝視我們,替我接下去。

「不如入咗鬼屋區先決定啦。」眾人靜默良久,打破沉默的是回神過來的里奈,她以平穩的聲音説:「你哋諗下,佢哋畀得咁多武器我哋,事情未必咁簡單話殺就殺。話唔定好似商店街個亡命賽跑咁,去到嗰度先知要點做。」

里奈説得是,我深呼吸,「咁我哋行喇。」

暫時沒有更好的提議,Octivia 點點頭,「不如一入到鬼屋區,搵個室內空間匿一匿先,睇定先再行。」

四人悄悄進入鬼屋區的當下,果然如里奈所猜,樂園明確地指揮我們行動。

一個空曠的廣場上,周圍集滿了手持武器的貴賓們!隔著面具我不曉得他們是怎樣的神情,一見我們出現,腳踏聲徐徐作響,伴隨他們敲擊武器的「嘭嘭」聲,一聲一聲有節奏地,向我們步

步進逼!

嘭!嘭!嘭!

「咩事呀?想點呀?」Octivia 慌張地自轉一圈,一時間不知道該把焦點投往哪方。貴賓分開三批包圍我們左右兩側和後方,而我們前方沒有人。

「佢哋想逼我哋入去呀!」里奈不由地靠近我,指著我們正前方。

一團黑雲飄到正前方的建築物頂頭,即使正值夏日午後,太陽躲入雲層、天色轉暗,看來是準備要下雨。

沒有猛烈的陽光,氣溫驟然下降,使得我身體一個冷顫。沒錯,絕不是因為我膽小。

面前的建築物有兩、三層樓高,灰色的水泥外牆百孔千瘡、掛在天台的招牌已經斷裂成兩半快要墜下,勉強辨認出正門入口上面,幾個用日文漢語的暗紅色大字。

奈良綜合病院。

你聽説過嗎？
Nara Dreamland

奈良夢幻樂園

Attraction 5

+ 醫院——婦產科

奈良綜合病院

我很明白自己必需作出行動回應，只是雙腿不聽使地釘在原地一動不動，甚至不住震抖。

為甚麼天氣說變就變？早上明明陽光普照，頃刻間出現的陰暗烏雲故意作弄我們般，偏偏挑在鬼屋一帶現身。

外牆剝落的陳舊醫院，在灰暗的天色下額外陰森，二樓鬼影幢幢的窗口似是有人經過！

哪裡傳來小孩的笑聲？還是我的幻聽？

「喂！喂喂喂！！」里奈貼近我耳邊大叫，嚇得我陡然一震，「問緊你嘢呀！」

「係、係。」我立即站直身子。

Octivia 問：「我哋係咪要入去呀？」冷汗自她額角往下滴，連健壯洋妞都面有懼色。

我咽咽口水。以往只去過香港某主題公園萬聖節的鬼屋一次那麼多，那時還是因為要追求當時心儀的對象才故作大膽地前往。日本享負盛名的鬼屋更不用說，我壓根兒沒想過去試！

更何況，我們正身處於變態樂園內。根據天韻的注意事項，我們即將進入的鬼屋會發生一宗兇殺案，有人要死！目擊久美子和翔他們被虐殺的過程，不難想像等一下的兇案會有多嘔心折磨！

「我死都唔入㗎喇！」彩香拼命晃頭擺手，「我唔想死呀！」

頭一次我很贊同她。

「我唔覺得我哋有得揀囉！」隨著貴賓們逐一逼近，里奈焦急得連忙跺腳，「好明顯注意事項嘅執行地點係前面呢間醫院，我哋最好都係入去先。」

我明白，違反注意事項而直接被丟去舞台上表演更是不值得。

Octivia 神情凝重，略帶嚴厲的語氣說：「等陣入到去喺未搞清楚之前，邊個都唔准郁手呀！」

彩香猜測這關是要我們自相殘殺，可是天韻說只能殺一人，這表示我們只有一次機會：如果殺錯人，我們全部人都違反注意事項、全軍覆沒，所以絕不能單憑純粹的猜測行事。

「咁行啦，喂彩香，一齊行呀！」里奈再次帶頭，硬拖著彩香。

陰冷的涼氣籠罩我們，里奈一臉蒼白，看得我內心一酸。這個女生怕得要死都不敢吭一聲，難道我要拖大家後腿嗎？

「屌！鬼屋咪鬼屋囉！咪又係人扮，怕乜撚！」吐幾句髒話壯壯膽，我越過里奈大步帶領她們進入「奈良綜合病院」。

進入鬼屋後我立即想收回這句話。醫院接待大堂偌大的空間近乎漆黑一片，不消説整座被荒廢的鬼屋也沒接上電力。

靠著從玻璃大門穿進來的陰天光源，勉強見到左右兩排座椅，應該是模仿供病人輪候時的休息區。前方接待處貼了多張通告，泛黃的海報上有過氣打扮的老人，一想到他們或許已過身，心裡很不舒服。

理應沒有電力供應，這裡卻像開了微弱的冷氣般，室內的氣溫比外面稍冷一些，扣上襯衫的鈕扣後仍感到一種刺骨的寒意，害我打了個噴嚏。

一如樂園廢墟所有室內環境，遍佈地上除了有木屑、碎磚敗瓦，醫院大堂還有類似醫療卡、病人紀錄和病歷報告的零碎檔案散落一地，里奈隨手檢起細讀，告訴我上面寫有的年份是 1955 年。

「咁就奇怪喇，呢個樂園唔係 1961 年先開幕咩？點解呢度會出現開幕前嘅嘢？」我問。

她聚精會神地閱讀，頭也不抬地説：「而且呢啲檔案寫得好詳細，完全唔似只係鬼屋道具。」

試問當時來鬼屋玩的人，哪有心情逐一閱讀沉悶的報告呢？難不成，這裡果真是由真正的醫院改建而成的鬼屋？

這時，眼尾瞥見一個長髮女生靜靜佇立在一角！

「嘩！嚇撚死！」我的罵聲有回音，這裡到底有多大？
「咩事？」里奈反而被我嚇一跳，身體抖了抖。
「彩香囉，」我怨憤地指向角落，「無啦啦企喺度郁都唔郁，玩嘢咩！」

由於光線很暗，只見到她無聲地面對牆壁、垂下雙手站立，對我的罵聲沒有任何反應。

「彩、彩香？」里奈試著問。

Octivia 走到我左側，「喂彩香，聽唔聽到？」

仍是沒回應。

我們三人並排探視奇怪的彩香，誰也不敢接近她。

「你哋話……」里奈把我們不想說出口的想法托出，「佢會唔會撞咗邪、鬼上身呀？」

不久前才被逼看了部鬼屋探險的電影，最深印象的一幕是女

157

主角被鬼上身，同行者在她背後拍拍肩膀，猛然一回頭是面露青筋的女鬼臉！

該死的彩香正背向我們離奇地面壁！

「邊有咁多鬼呀！」我只好嘴硬。

一想到這裡説不定真是一間醫院，腦海不禁閃現跑出大門的衝動，但我只好強忍下去。

「咁你行過去睇下啦。」Octivia 吐句絕情的話。

Octivia 你為甚麼要如此對我？難道不知道我是三人當中最膽小嗎？

恍如為了配合劇情推進一樣，彩香口中還開始唸唸有詞，不過對象不是我們，而是她面前的冷硬牆壁！

救命啊！非要這樣折磨我不可嗎？

幸好里奈再次出手相救，省下我硬著頭皮走過去查探的功夫。她將手中的病人報告揉成一團，擲向彩香，紙團撞上彩香的背部反彈至地面……

為甚麼披頭散髮的彩香，此刻身體看似特別僵硬呢？暗黑的

環境下，略顯微藍色的肌膚醞釀著陰邪的氣息……

恐怖走廊

彩香被里奈的紙團丟中，回頭望向我們。這一轉身，吊人胃口地慢條斯理，一句話在我內心怕是重複了十數次：千萬別撲過來、千萬別撲過來……

「你哋過嚟睇。」彩香再也平靜不過的聲音。

呈現於我們面前的，是一張正常女生的臉。不是一百八十度扭轉的頭顱，也不是青筋滿佈的驚嚇臉。

我口吃起來，「彩香……你、你要我哋睇咩嘢呀？」莫非一起盯看陰黑角落，會有甚麼鬼怪跳出來？

「你哋企咁開，梗係咩都睇唔到啦，過嚟啦！」她這語氣和神色相當正常，我們三人上前立即意會自己是何等白痴！

走近一看，牆上原來鑲了一塊刻有密麻麻的字的大銅碑。想必剛剛彩香專注閱讀，甚至把上面的字喃喃唸出來，加上詭異的環境，才惹得我們虛驚一場！

「嚇鬼死咩！」里奈大方地笑出來，「仲以為你撞鬼呀！」

159

倘若彩香此刻沉色反問「你以為唔係咩？」，那倒真是個反高潮。所幸她一頭霧水說：「唔好嚇我啦！」

銅匾上刻的是日文，里奈讀完簡略地總括了幾句，「塊嘢講咗呢間醫院嘅歷史……」

奈良綜合病院於 1950 年投入服務，後來以院長帶頭的一班醫護人員開始合謀黑市交易，包括取得病人的新鮮內臟賣到黑市、非法墮胎等等。

幾年之後愈發猖狂，使不少人枉死。事件被揭發後醫院倒閉，荒廢直至 1960 年代。

謠傳當時事件之所以被揭發，是那班醫護人員被亡靈和嬰靈纏上，甚至連無辜的人也無可避免，陸續在醫院遇上意外或自殺身亡，引起警方追查。

後來荒廢醫院鬧鬼的傳聞隨即傳至京都和神戶一帶，樂園園長看上商機，直接將醫院改建為娛樂式鬼屋，並加建其他遊玩區，統合組成整座樂園——奈良夢幻樂園。

「唔係咁邪呀嘛，呢間係真・鬧鬼醫院？」我退後一步，失聲問。

里奈拍拍我肩，「呢塊牌可能係鬼屋道具咋嘛，你知日本人整

嘢好認真㗎啦。」

　　她本想安慰的行為，害我縮一縮，以幾乎是求饒的聲音狠狠説：「唔該你唔好再拍我個膊頭喇！」

　　Octivia 問為何，洋妞當然不懂人的肩膀上有兩把火，可以震懾鬼魂啦。只是其中一把火剛剛被里奈拍滅了，害得我的膽怯程度瞬間再往上飆升⋯⋯

　　「鬼屋黑麻麻，我唔覺得佢哋會肯咁花心思去整塊無人睇嘅牌呀。」我説。有餘力，不如多弄幾個燈光效果嚇唬遊客。

　　彩香環抱自己、摩擦雙臂想弄暖和，道：「一諗到呢個樂園係靠呢間鬧鬼醫院起家，就周身唔妥喇。」

　　「唔怪得呢個樂園會執笠啦，賺埋晒啲陰騭錢。」我附和，「我開始明點解班有錢佬會揀呢度搞虐殺表演喇⋯⋯」除了遠離市區，樂園鬧鬼的背景對變態的貴賓來説或許相當刺激。

　　里奈再次提醒我們，「都話呢啲可能係作出嚟咯，日本啲鬼屋幾乎間間都會作啲背景，等人玩得投入啲㗎啦。」

　　「唔好留喺度喇，」Octivia 皺著眉問：「我哋行左定右呀？」

　　醫院大堂左右各有兩條通道，分別連接左翼和右翼大樓，這

裡昏暗得看不清楚走廊的情況。

我訝異地間：「又玩啲咁嘅嘢？」當時在城堡遇上選擇題，選錯的話可是要受腐蝕液體之刑！

「我留喺大堂等你哋啦。」彩香不假思索地退縮。

「其實呢度好似幾安全吖，我哋齊齊留晒喺度有無得諗？」我竟然再次與消極的彩香站在同一陣線。

Octivia 狐疑地看著我，「你唔係咁天真，覺得佢哋放我哋入嚟嘆冷氣呀嘛？」

我固然明白園方有辦法趕我們移動到下一個地點，像剛剛在城堡突然出現的小丑一樣，見我們準備好工具就立即趕走我們。

Octivia 瞪向彩香，「你揀左定右呀？」

她畏畏縮縮，「吓！我⋯⋯」

里奈和議，「係囉，上次都係你揀啱條路㗎，幸運女神！」

是不是女神我有所保留，幸運這點倒是沒錯。我問：「我哋個個走晒，你敢一個人留喺度咩？」

她只好說：「咁⋯⋯咁行左邊啦。」

　　緊握刀柄，我們進入無燈的走廊上，因為玻璃大門的光線照射不到，這裡比大堂還要昏暗。我們發現地上有兩個手電筒，雖然照射範圍不太遠，不過總好過摸黑。

　　在漆黑一片的環境中，我最痛恨就是微弱燈光的電筒。只有那一點光讓我看見東西，其餘位置是完全墨黑。這樣掃視的話，搞不好會突然一下照中鬼魂！

　　彩香盯著電筒，聲音顫抖著問：「點解……好似要我哋嚟玩鬼屋咁嘅……？」看來園方要我們在這裡探險一番，沿路找出注意事項的正確解讀方法。

　　相信這裡到處裝有夜視功能的偷拍器吧，外面那群變態貴賓觀看我們被嚇的蠢樣應該很開心。天韻暗示過，不一定要虐殺才算表演，連執行注意事項的過程都可算是一場表演。

　　里奈急停下來，「我反而諗緊右邊走廊會有乜。」

　　「可能係另外兩支電筒？」我回頭，猜測問：「要唔要行埋過去睇睇？」

　　有了電筒，總算看到這裡的環境。我們身在窄長走廊的中央，左右兩旁是一道道關上的房門，我沒有打開它們的想法，前方不曉得通往哪裡。

里奈毫不猶豫，爽快道：「咁行返轉頭啦。」

正所謂好奇害死貓、貪字得個貧，我們四人齊齊回身準備邁步向醫院大堂，再走到右邊走廊時，恐懼感驟然襲來！

「咚咚」的急速跑步腳步聲，從黑暗的右邊走廊那方發狂般響起來！

咚！咚！咚！咚！咚！咚！

腳步聲分明衝著我們來！愈來愈響亮！可是我們的小小手電筒根本照射不到太遠的距離，無法知道來者何物。

「嘩呀！鬼呀！！！」我走音大叫。不知道為何，我腦內幻想到那正向我們奔跑的，可是長髮披肩、裂嘴而笑的白衣女鬼啊！

「走、走呀！」Octivia 也失了方寸，趕急拍打我們。

我們四個人再次火速轉身，向左邊走廊的盡頭奮力狂奔。不曉得那是甚麼東西，逃之夭夭才是上策！亂晃的燈光中，Octivia 走在最前頭、彩香跟在後、我追在里奈後頭跑。

「救命呀！」「唔好呀！」「呀！！！」女士們驚到亂叫一通，我下意識拉起跑在後方里奈的手，拼命衝出恐怖走廊。

那手異常冰冷。

多出的人

會不會是因為我們明明選擇了左翼通道，卻又走去右邊，破壞潛規則使園方出動女鬼懲罰我們？抑或是，這裡的設定是左翼通道提供電筒；右翼通道則是恐怖厲鬼呢？

還是……還是那根本不是人扮的鬼，而是……而是枉死的真正亡靈呢？

「呀！！！」想到這，我全身的寒毛直豎！驚懼感已經蓋過理性。

好不容易跑到走廊盡頭，前方出現一條往上的樓梯，沒其他去路。

「上去啦！快啲呀！」遠方腳步聲加快，Octivia 只好帶頭跑往上層，彩香和里奈緊跟著，我也開始吃力地爬上樓梯，期間聽見女鬼愈來愈接近！

推門進入同樣昏暗的二樓，我們急急關門，並用雜物阻擋，女鬼見撞不開門，便慢慢離去。大家暫時鬆一口氣，留在原地回一回氣，順便觀察一下環境。我們現在身處左翼盡頭，被三邊牆壁包圍，只有一條路可選。

「你哋無事嘛？」里奈扶著牆壁，大汗淋漓地喘著氣。

「點可能無事呀？」電筒燈光使彩香的臉更顯蒼白，「究竟頭先嗰個係咩人？」

我敢肯定，每人腦內均為那來歷不明的人，編排了不同的鬼怪形象。

「跑得咁快點睇到呀？」Octivia 沒好氣地回應，雙眼如鷹眼般銳利地觀察四周。

里奈臉上浮現絲絲擔憂，「Cole 呢？你跑最尾有無望到？」

我霎時一愕！她的話如雷貫耳！

跑‧最‧尾！？

她們注意到我這舉動，馬上湊近我，里奈甚至捉緊我的手問：「你係咪見到啲咩呀？」

我回神過來，強壓下恐懼感，裝出淡定的表情，「無、無呀。」

里奈拉拉我衣角，語間流露淺淺的撒嬌，「一定有啲嘢，講啦。」

微紅的面頰、垂下的大眼，見她如此模樣，我更是不能說出口……不忍心嚇壞她。

　　打從被女鬼追殺那刻開始，我已經下意識殿後追著里奈她們身後跑。可是曾經有一小段路，我是握著跑在我後面那「里奈」的手——特別冷森森的手！

　　當時整個人慌張起來沒為意，現在回想起來，里奈確實在我前面，那麼，被我拖在身後的人到底是誰？不是 Octivia 她倆、不是里奈、也不是女鬼（腳步聲在更後方）……多出來的人，究竟是甚麼鬼東西？

　　幹幹幹幹！我的內心瘋狂吶喊！或許……醫院鬧鬼確有其事，未必是園方編的謊話？明明進入鬼屋前，我是那麼確信鬼屋入面的鬼是人扮，世間上何來有這麼多鬼怪之事呢？

　　除非，怨念極重和終日不見陽光之地，則能聚集無法輪迴的亡靈。奈良綜合病院豈不是完全符合條件？

　　我身體哆嗦一下，乾笑了聲，強作鎮定道：「無嘢呀真係，諗返起頭先覺得好恐怖啫。」

　　「會唔會……」彩香戰戰兢兢地盯著我們，聲音細如蚊，「天韻叫我哋殺嗰個人就係佢呢？」

　　「差啲唔記得咗我哋入嚟係要做注意事項喺！」里奈窘態道，我反而覺得她的率直蠻可愛。

「唔似係，」我指出，「如果咁快遇到，唔使逼我哋入嚟啦，就咁喺鬼屋出面同佢打都得啦。」

里奈附和道：「以樂園班人嘅脾性，似係會喺呢度折磨我哋一輪，先會要我哋做注意事項。」

Octivia 瞪了彩香一眼，「即係要行多陣先知個注意事項想我哋點，唔好咁衝動。」

關係到我們四人的性命，可不能遇上任何人說殺就殺。再加上，我徹底不想與女鬼對戰。

里奈吸一口氣，「咁大家繼續行喇，OK？」

「有得唔行我都想呀。」負能量彩香再度變得陰沉。

沒電筒在手的我，用手肘推推拿著電筒的里奈，低聲說：「呢度咁黑，你跟實我行啦。」

里奈的臉隱約刷紅。沒等她回應，我一鼓作氣，搶先說：「你畀支電筒我啦，我行你前面。」

她默默把它交給我，我自顧自妄想那是類似把生命交付予我的信任。

彩香不耐煩地抱怨道：「行得未呀你兩個？」

Octivia 爽快地領頭，彩香跟緊在旁；我走在她們後面，而里奈貼近我右邊，肩膀感受到她手臂傳來的溫暖。在如此緊張陰森的環境裡，我竟然有一絲喜悅的心悸。

走了一陣子總算見到直路的盡頭，前面有扇門，上方的門牌說明裡面是婦產科。我們謹慎地推開大門、拐過接待處櫃台後，前方有幾道門。

這時，冷不防冒出幾名染有血跡的白衣女護士，持針筒突襲過來！我們混戰和碰撞期間少不免受傷，也分不清是被護士還是自己人誤傷，整個場面非常混亂。

見敵方沒有退讓之意，Octivia 大吼一聲：「喂我哋走啦！鬥唔過呀！」

我隨意推開最接近的門，呼喚她們：「行呢邊呀！」我火速往更裡面逃跑，顧不及周遭是甚麼環境。

「咦？佢哋呢？」片刻過後，聽見里奈的提問我才停步。身後除了滿頭大汗的里奈，並沒有其他人，不見 Octivia 和彩香，也不見血腥護士。牆上一塊指示牌寫著這區是產前房。

我驚訝地問：「佢哋唔係跟住㗎喇咩？」

里奈也是這時才發現大家走失了，慌忙地前後探望，「頭先咁亂，佢哋可能走咗去其他地方呀！」

經過大半日，她的妝容已被汗水溶化掉，回想早上她上了淡妝進入樂園時的模樣，是個可愛的偽日本妹。現在一看，脫下俗氣，一臉清麗倒是比化了妝更耐看。

我和她對望一下，大家心照不宣。要回頭找 Octivia 她們的話，無可避免會遇上血腥護士，我們剛剛才從鬼門關逃出來，確實不想又再走入去，更不論 Octivia 她們或許走遠了。

我提議道：「呢度四通八達咁，話唔定行多陣會遇返佢哋，不如我哋向前行多陣先啦。」

里奈鬆一口氣，立即答：「好呀！」

忽然，旁邊的房間傳出很微弱的哀怨女聲，「救……救我……」

浴血產房

當下，我想可能是受了傷的 Octivia 或彩香，便走進去查看。

這是一間擺設簡陋的單人病房，有個滿身是血、一頭亂髮、身穿病人袍的女人躺在床上，不是 Octivia 或彩香，「求你……救我呀……」

　　一步一驚心，愈接近她，就愈能把床上的情況看得清楚，她被血淋淋地開了膛：翻開了左右兩側的肚皮、露出整副肋骨，雙腿張開，軀幹內的器官暴露於空氣之中，有些甚至傾瀉到床上，引來一大堆蒼蠅飛來飛去。血液多得沿著床單的邊緣，滴落地上，發出「滴答、滴答」的聲音。

　　「求下你……畀返個 BB 我呀……」

　　她怎可能還活著向我們求救呢？慢著，怎麼聲音聽起來怪怪的？

　　醫院怪裡怪氣又故弄玄虛，我還未意識到，原來是園方引導我們去解讀注意事項。

　　里奈神色黯然地指指茶几上的一台小揚聲器。哦！我明白了！剛才聽到的求救聲不是女人發出的，而是揚聲器。

　　里奈雙眼湧出淚水，嚇了我一跳，「呢啲錄音，會唔會係佢臨死前錄低嘅？」她指著女屍問道：「佢哋對佢做咗啲乜……？」

　　「咪就係劏開佢個肚……」我失聲叫了一下，「吓？佢係大肚婆？」

　　產前房區、錄音裡哀求還她嬰兒、剖腹……我驚訝問：「仆街！佢哋唔係監生劏開佢個肚、拎個 BB 出嚟咁撳藐線呀嘛？」

按理說，園方不會抓自己的員工來虐殺，更不可能對貴賓出手。那麼……我的內心陡然產生一個想法，莫非，這個女人是來廢墟遊覽的遊客，跟久美子一樣被逼作為表演主角？看她的死狀應該是才剛死去沒多久，我立即抬頭，「依家樂園入面，可能有另一班表演者！」

里奈印印眼角的淚水、點點頭，顯然與我思路一致，「而大家做注意事項嘅時間同場地應該錯開，所以我哋未撞到過。」她果然比較細心。

樂園正門那亡命賽跑的畫面猛然略過，我遲疑地說：「嗰陣咪有幾個小丑擋住我哋跑嘅，其中一個睇起嚟好驚青咁……」試問一個佔盡優勢的園方人員，怎可能會害怕呢？

里奈沉思一會，試探問：「有無可能係表演者被逼混入去扮小丑，去做注意事項呢？」

「算啦，唔好諗咁多喇，」我擺擺手，「樂園擺條屍喺度，或者純粹想嚇下我哋啫。行快啲搵返 Octivia 佢哋先啦。」

經過產房和產後房，我和里奈來到育嬰室區一個大房間，一路上相安無事。事後回想起來，這應該是園方慷慨給予我們稍作休息的幸福時光，讓我們有足夠力氣去迎接待會的激烈挑戰……

大房裡放滿東歪西斜的嬰兒床，上面固然沒有嬰兒，我們正

要去疑似婦產科的出口時，經過一張與別不同的嬰兒床，設有透明膠箱，看來供身體屢弱的嬰兒使用。我們赫然發現裡面躺著一個人偶，那種身穿傳統鮮艷和服的經典日本娃娃！

娃娃跟真人嬰兒是一比一的比例，烏黑亮麗的及肩頭髮梳得整整齊齊，束平陰的瀏海，圓嘟嘟的臉蛋和鮮紅的櫻桃小嘴。看起來新簇簇，有異於周圍破舊的景物。

本應是個蠻可愛的娃娃，然而，它的雙眼卻詭異地被纏上一條看似快要鬆脫開的白布，更甚者，白布上用黑筆畫了幾個看不懂的符號！

「嚇鬼咩！」我罵道。

「『市松人形』，」里奈的臉寫滿訝異，「日本人叫呢種公仔做市松人形，『人形』即係公仔嘅意思。好多年前，有個市松人形好出名，你有無聽過『菊人形』？」

我聳聳肩，「咩嚟㗎？」

「係日本都市傳說嚟，」里奈徐徐描述，「講一個叫菊子嘅細路女，病死之後靈魂入咗去一個人形入面，傳說中佢嘅頭髮識自然生長。」她羞澀地搔搔頭補充道：「呢個都市傳說好出名㗎，喺日本生活過嘅人實聽過。」

在陰森冰冷的醫院裡，無故擺設一個古怪人形，氣氛實在有

173

點駭人。我逞強說:「咁都係識生頭髮啫,無咩嘢呀。」

她一臉鐵青,「最恐怖係到後來,菊人形個嘴好似有微微開咗,佢嘅眼神仲怪,好似識望住人咁呀!」

那就奇怪了,我問:「即係話,呢隻人形本身係無用白布遮眼嘅?」

「無喫,同埋白布上面嗰啲唔係日文嚟,唔知咩來歷呢。」她凝重地打量面前的人形。

我不禁為之啞然。人形的嘴巴緊閉著,應該跟都市傳說的不是同一個。然而,有人故意阻礙它看東西,好像它真是有生命似的……白布上有符號,難道是一道符?用以封印這個受了詛咒般的人形最好不過了。

我嘆口氣,才一個娃娃而已,就算是鬧鬼,也不會恐怖得去哪裡……吧?

菊人形怨魂

離開育嬰室,是一條四通八達的通道,後方突然傳來一聲咆哮,緊接「嚓嚓」的跑步聲!來者一身醫生打扮,面色極差,兩個黑眼圈深色得像是化妝效果,手持利器。

　　我們固然起步狂奔想避開他，沒多久，我登時大喝：「里奈！
地下有嘢唔好踩到呀！」

　　「呀！點解會喺呢度㗎？」里奈旋即以跨欄的姿勢，越過地
上那東西，然後繼續奔跑，身手靈敏得像貓兒似的。

　　地上那東西……正是育嬰室遇上的菊人形，端端正正地坐在
路中心！它不一定就是都市傳說中的菊人形，但此時起，我已經
把它們「一視同仁」了。

　　是惡作劇嗎？總不可能是菊人形自己從育嬰室走過來吧？

　　「嘩呀！放開我呀！」里奈掙扎大叫。

　　醫生已經趕到來了，他抓住里奈的手臂，把手術刀捅向她！

　　我當然沒可能像偶像劇男主角那樣，超現實地拿自己的手掌
替里奈捱刀，只能狼狼地猛力拉著他的手腕，喝道：「里奈，插
佢呀！」

　　里奈掏出小刀刺他一下。見他鬆手退開，我連忙把里奈拖走，
「我哋走呀！唔好同佢鬥呀！」

　　拐了幾個轉角，醫生的腳步聲響徹整條走廊，幸而這區的走
廊東拐西彎的，他一時之間找不著我們。

一道木門自裡面傳出呼嘭的敲打聲，受到猛力搖撼，陳舊的門上有不少木屑和灰塵給震跌出來，散落地上。有人被困在房裡，女聲自裡面傳出：「放我出去呀！」

是彩香嗎？

里奈推不開門，門被鎖上了。她挪到一旁，我大力撞門後，跟蹌跌入房裡面一看……

「屌！走呀！」我心一驚，馬上硬拖著里奈離開。

她來不及看房裡的東西，邊跑邊問：「咩呀？唔係彩香咩？！」

當然不是啦！我頭也不回地解釋，「入面乜人都無！得嗰隻仆街菊人形坐咗喺度呀！」

「點可能猛成咁呀？」她錯愕地問。

稍稍冷靜一下，想必真是惡作劇，一切都可以解釋。我鬆一口氣、停下腳步，「咪又係音響效果咋嘛！信唔信，房入面實偷偷收埋個喇叭啦！」

不等里奈回應，我揚起下巴，轉身想走回去，「擺隻公仔以為嚇到我，無咁易呀！」

我十分後悔這個舉動。我們一站停、回頭就見到剛剛的房門了，房門回復緊閉的狀況，這不出奇，裝有回力門鉸便可。離奇的是，有東西由門縫慢慢鑽出來……

烏黑色的……菊人形的‧長‧髮！

空氣彷彿刹那間凝結，我們如同置身於冰箱之中，寒冷刺骨。

「黐撚線㗎！！！」我失聲驚喊。
「好猛鬼呀呀呀呀！」里奈拉著我爆發驚人的快速短跑。

無法再把解釋不到的事硬推給樂園了……拍門聲或許可以拿音響效果來搪塞過去，可是，木門被搖撼至木屑紛飛呢？房間一眼看盡，我很肯定入面藏不到人，該不會，是另有……一股力量……

「嘩！對唔住呀！唔好搞我呀！」我語無倫次地大聲道歉，希望菊人形肯放過我們。

這個時候，里奈跌倒，整個人往前趴在地上。

「你無事嘛？」我趕緊上前扶她起身，一定是嚇得腿軟才跌倒了……

「呀呀呀呀呀呀呀呀！！！」我破聲瘋狂吶喊，「走呀！！！」

里奈絆倒並不是因為腿軟，而是躺在地上的菊人形啊！正所謂禍不單行，里奈踢到菊人形的同時，還順帶踢飛它眼上的白布。

鬧鬼娃娃的封印被解開了！

天啊！不要再挑戰我的膽量！那肯定被埋藏在深處了！

二人再度狂奔，已經分不出轉了多少次轉角、往前還是往回跑了，也不管會否再次遇上醫生，不，應該説我情願遇上他。樂園血腥的虐殺場面，已經叫我又暈又吐了好幾回，進來醫院鬼屋後，竟然還有真鬧鬼的怨魂，簡直要「攞我命三千」啊！

儘管跑遠了，菊人形的樣子仍深深烙在腦海，揮之不去。它的頭髮比我們第一次遇上時長了許多，已經長及腰際了。白布掉到一旁，亮黑而沒有眼白的眼睛，搭配蒼白、沒有眼眉的光滑臉蛋，散發著令人毛骨悚然的神秘感。

而且，我好像見到無力地癱軟在地上的它稍稍轉頭，雙眼直盯著我看⋯⋯

如果可以，我誠懇地請求收回不知天高地厚、衝口而出的那句話：「咁都係識生頭髮啫，無乜嘢呀。」，那時我完全沒預料過會激怒它，惹得它緊咬著我們不放！

總算，在猶如迷宮的婦產科裡，找到路牌指示前方是婦產科

的出口，亦即精神科的入口。

「唔知你覺唔覺得啦，」來到出口，我站停把想法道出：「呢度啲人好似淨係可以留返喺自己嗰區咁。例如一樓女鬼同二樓護士，我哋入咗第二區之後，就無再追過嚟。」

里奈的雙頰因劇烈運動而泛紅，宛若在白皙的皮膚上塗了胭脂似的，「你嘅意思係入咗精神科，醫生同菊人形就唔會再纏住我哋？」

「我都係估估下咋。」我聳聳肩，「雖然唔多想入精神科，但繼續留喺呢度都唔係辦法。」不用把話挑明，想必里奈跟我一樣，沒膽量面對精神病人。

里奈爽快地把手放在門上，準備推門內進，「咁行啦！」

她總能在惡劣的情況下，以樂觀的心態面對。很慶幸身旁的人不是負能量彩香，而是開朗又勇敢的里奈。

耳際突然感到癢癢的，我下意識伸手搔搔，摸到一撮頭髮。奇怪，我的頭髮原來這麼長……了？

真的不該，人類總是壓不著天殺的好奇心。我不該地順著頭髮抬頭往上看去，看見了這輩子難以忘懷的一幕。

幹！！！一張極度陰寒的臉，幾乎跟我鼻貼鼻的距離近在

眼前！

　　女人的臉型長長尖尖，臉色青白，雙眼被一圈啡色的瘀青包圍著。最後悔是我與她瞪得大大的雙眼對視了，那雙放大了黑色瞳孔而沒有眼白的眼睛，直勾勾地看進我雙眼，好像有股力量把我震懾著，令我整個身體動彈不得。

　　她的長髮垂下來，徹底將我籠罩在她的世界裡。我完全聽不見周遭的聲音，也不曉得自己身在何處，只知道她正以倒吊的姿勢垂下身體，與我臉貼臉地對望著。雙眼畸形地又大又圓，嘴角上揚到極不自然的角度，擠出一個陰冷的扭曲笑容。

　　我彷彿被人當頭淋了一盆冰冷的水下來，凍僵了無法思考、雙腿釘在原地，意識被一團灰色的迷霧漸漸捲走，想不到，我人生最後的一刻，竟是如此渡過……

你聽說過嗎？
Nara Dreamland

奈良
夢幻樂園

Attraction 6
⬦ 醫院—精神科

隆重登場

「你終於醒喇!」里奈秀麗的雙眼霧了一層淚光,使我有伸手撫她臉頰的衝動,她說:「你放心啦,我哋離開咗婦產科㗎喇,暫時安全。」

我舒了一口氣,環視燈光昏暗的四周,這是一間疑似雜物房的窄小房間。我的頭好像枕在軟軟的東西上。

「呢度係精神科?」瞥見托著我的是她軟綿綿的大腿,打算繼續無賴地裝虛弱以便享受福利,我問:「我哋點樣入嚟㗎?」

她輕輕把我扶起,讓我坐在她身旁,探頭問我:「頭先……頭先發生嘅嘢你唔記得?」

再回憶一次實在太痛苦,我挑個大概簡略說:「臨走嗰陣,有隻女鬼倒吊落嚟,我暈咗之後一醒返,就㗎咗呢度。」然後發現你讓我枕在大腿上。

聽罷她若有所思,片刻後才道出她的所見所聞,「個……女鬼出現之後,我出盡力拉咗陣,先拉得走你,然後一齊匿埋入精神科呢間房。」

「佢無追入嚟?」看來他們只能留在自己的區域這設定是正確的。

「佢？佢無呀……」她吞吞吐吐，「不過佢……佢著住菊人形嗰件和服，但係又唔用菊人形嘅樣，而係用女鬼嘅樣出現喺你眼前，似乎想表達自己唔止係公仔咁簡單……叫你唔好睇小佢咁。」

她的說法聽起來怪怪的，我一時間卻說不出哪裡不對勁。我晦氣道：「樂園咁有心思搵個女員工扮菊人形嚟嚇我，咪由班貴賓盡情笑我囉。」

「係囉，哈哈，勁衰。」她擠出突兀的笑聲，眼神閃爍。

我直接問：「你係咪有嘢隱瞞住我？」

「吓？無……無嘢呀，」她生硬地轉移話題，「嚟到精神科，下一步應該點呀？」

就算逼她也不肯說，我只好道：「周圍行下搵注意事項嘅線索啦，你估 Octivia 佢哋嚟到未呢？」

「唔知呀，希望佢哋無事啦……Cole，有樣嘢要同你講聲。」她嘆口氣說：「頭先你可能驚得滯，整跌咗支電筒呀。」

「唔好意思呀……」我接過里奈遞上的零食，吃了幾口，「咁我哋行返轉頭執？」

「唔好呀！」一聽到要回婦產科，她誇張地揮手，愣一愣後

解釋道:「我意思係嗰度咁大,應該搵唔返。」

我會心一笑,看來她也被婦產科的員工嚇破了膽呢。

她站起身,理一理短裙擺,「出面直情係無晒燈呀,不如搵下有咩用得著啦?」

我們在房裡的雜物堆中,找到一台手提攝影機和一顆電池。縱使沒有記憶卡,它有一個更有用的功能:夜視模式,能把漆黑的周遭過濾成灰灰綠綠的影象顯示在屏幕上。見到這個畫面,我嚥下口水。很熟悉⋯⋯是甚麼呢?

忽然,房外傳來一陣鈴鈴鐺鐺的聲音,劃破短暫的靜默時光。

似是鐵鏈拖拉在地上,發出的鈴鐺聲和拖拉聲,伴隨著有點像餐刀刮在玻璃餐碟上的那種噪音,一下一下尖銳的刺耳高音,令人聽得不禁哆嗦,偶爾還有一兩聲咚咚聲。

這些聲音由遠至近,漸漸接近我們。

里奈瞬即伸手摀住我的嘴巴,竭力阻止我發出丁點聲音,一臉驚恐又焦急的哀求,怕是被外面的甚麼發現我們似的!

那些聲音最接近我們時,「嘭」的一聲自我們房的鐵門戛然大響,鐵門和牆壁被外面的東西擊得猛烈震動,不知是否心理作用,

我感到地面微震，該不會是地震了吧？

　　鐵門受重擊以致有處凹進來些許，我和里奈怔住呆滯了。

　　緊接是尖銳聲響起，好像有甚麼東西狠狠地劃過門外，然後再刮過外面的牆壁，最後這些聲音愈來愈遠，證明那東西並未發現我們，離我們而去了。

　　究竟那是甚麼東西？能打凹鐵門、擦出如此難聽的高音，相信是一件相當尖銳的物件，再聽它不時發出的沉重聲音，顯然那是一把很大很重的利器！

　　能提起利器的人，想必相當魁梧高大。雖然不曉得神秘的鈴鐺聲和拖拉聲是怎樣來，可是已經足以證明，方才經過的大人物絕對不好惹。

　　我望向里奈正想詢問時，只見失神的她，鐵青了臉，毫無血色的嘴唇顫抖著。一路上無論是目擊刀鋸美人還是活剝頭皮，抑或陰森菊人形，都沒見她如此失魂落魄過。

　　剛才扶我入房前，她一定看見了些甚麼。

隆重登場【里奈視角】

枕在我大腿上，這名叫 Cole 的男子，三十歲出頭，稱不上高大英俊，但五官端正、一身文青打扮。現在流行一個詞彙很符合他的形象：暖男。

縱使他經常露出害怕得要命的窩囊相，然而每每在重要時刻總能當機立斷，是個超級可靠的暖男，現在卻一睡不起似的，害我的心裡漾起一種酸澀的感覺。

良久，他的眼皮微微張開了，我急忙說：「你終於醒喇！」慢著，該不會是迴光反照吧？

見他勉強撐起了微笑，我才安心下來，「你放心啦，我哋離開咗婦產科㗎喇，暫時安全。」怕被外面的東西發現我們，提到「暫時」二字，我有點心虛，他好像沒察覺。

他抬頭打量著我，糟了，我的妝容幾乎被汗水溶光了，他一定在奇怪為甚麼我的雙眼小了那麼多吧？我的身體發出汗臭味吧？為了拉開距離，我乾脆扶他坐起來，試探地問：「頭先……頭先發生嘅嘢你唔記得？」

本來柔和的眼神閃過一絲痛苦，他簡潔地回答：「臨走嗰陣，有隻女鬼倒吊落嚟，我暈咗之後一醒返，就喺咗呢度。」

　　甚麼？女鬼？晴天霹靂！他竟不說菊人形，而說成是女鬼，
證明他和我看見的東西根本不一樣，太可怕了！

　　方才在婦產科出口，在我眼裡見到的，明明是育嬰室那個嬰
兒大小的菊人形而已！但原來他看到我所看不見的東西，他見到
是女鬼，所以他當下便知道自己撞鬼了，怪不得被嚇到昏倒，我
不禁同情他起來。

　　寒氣自腳底冒起，我的汗毛瞬間直豎！菊人形顯現成女人的
形象，出現在 Cole 面前，鬼屋這裡真的有鬼魂出沒！

　　慢著，那麼說來，他只知道自己撞鬼，而不知道那是菊人形
幻化成人樣的女鬼。

　　「個……」我差點說出了菊人形，馬上改口說：「個女鬼出
現之後，我出盡力拉咗陣，先拉得走你，然後一齊匿埋入精神科
呢間房。」除了忍下菊人形沒說，其他都是事實，畢竟如果全部
如實告之，他可能又再被嚇暈。

　　比起我的震撼，他反而是一臉平和，「佢無追入嚟？」

　　咦，等等。被嚇的偏偏是 Cole 而不是我，一定是他得罪了菊
人形。我還是提醒他別再亂說話好了。

　　「佢？佢無呀……」我要說得婉轉點，不然會嚇怕他，「不過

佢……佢著住菊人形嘅件和服，但係又唔用菊人形嘅樣，而係用
女鬼嘅樣出現喺你眼前，似乎想表達自己唔止係公仔咁簡單……
叫你唔好睇小佢咁。」其實我很想直截了當地警告他說：「菊人形
好似想搵你報仇呀。」

他搖搖頭，表示剛才遇到的太小兒科，很明顯在強裝大膽，
「樂園咁有心思搵個女員工扮菊人形嚟嚇我，咪由班貴賓盡情笑
我囉。」

哦！原來我還是誤會了。我終於搞清楚他的想法了！

Cole 由頭到尾根本不知道自己撞鬼，純粹認為那女鬼是員工
扮成的，更不知自己被菊人形纏上。剛剛只是因為女鬼的臉太恐
佈才昏倒。我暗暗嘆氣，他的膽子真的細小到難以想像的程度。

我乾笑著附和道：「係囉，哈哈，勁衰。」

他察覺出我的假笑，挑起眉問：「你係咪有嘢隱瞞住我？」

我強忍著取笑他：「你真係撞鬼呀傻仔」的衝動，轉移話題說：
「吓？無……無嘢呀，嚟到精神科，下一步應該點呀？」關於被
厲鬼纏身，當事人還是知道得越少越自在，反正事過境遷，他只
要明白別再亂說話就夠了。

他說：「周圍行下搵注意事項嘅線索啦，你估 Octivia 佢哋嚟

到未呢？」幸好他沒多想，成功被我轉移視線，看來我的演技還不錯。

可是「周圍行下」……？這房靠近婦產科出口，萬一他發現那裡……我決定告訴他菊人形的部分實情，「唔知呀，希望佢哋無事啦……Cole，有樣嘢要同你講聲。」

其實踏入精神科這裡，亦即走出婦產科出口時，我回頭一望，當下愕然了。整道門框和旁邊的牆壁上，滿滿貼了一道道符！白紙黑字、看不懂的符號，跟封印菊人形雙眼的符號一樣！

此刻我明白了，那些符根本不止是道具這般簡單，應該是真的有法力，能把菊人形封印在婦產科內，進不來精神科。

可是，想了想，既然菊人形無法進來，沒必要再嚇 Cole 一次了，我挑了另一件事說：「頭先你可能驚得滯，整跌咗支電筒呀。」

「唔好意思呀……咁我哋行返轉頭執？」
「唔好呀！」我急道。

如果再被厲鬼菊人形纏上，說不定到時候你會心臟病發啊──我咬緊牙關不說出口。

接下來，在我們找到攝影機後，「那東西」忽然出現在房外，所發出的聲音由遠至近，再由近至遠，其氣勢震懾得我和 Cole 一

動都不敢動，最後才斯斯然地離去⋯⋯

兜猛大怪獸

　　常言道好事成雙，而我所經歷的，是壞事接二連三。先是弄丟了電筒，現在門外還有個兜猛的壯男隨時衝進來殺死我們。

　　「頭先喺我暈低嗰陣，究竟發生過咩事？」我伸手在她眼前揚揚，輕聲喚道：「里奈。」

　　她陡然一個顫抖，回神過來，「依家聽唔到鐵鏈聲，即係佢唔喺附近，暫時安全。不如出去走廊，邊睇邊講啦。」

　　我拿好手上的夜視攝影機，正要出去之際，腦裡閃過一個畫面。攝影機、一片漆黑、精神科⋯⋯我記起了！

　　「你平時多唔多打機㗎？」我轉身問里奈，沒等一臉問號的她回答，逕自說：「幾年前我玩過一隻 Game，同依家嘅情況一模一樣㗎！」

　　那個電子遊戲名叫《Outlast》：主角進入一所精神病院，調查病院背後的黑幕。剛好遇上騷亂，精神病人四處遊蕩，主角要避開病人的追殺，逃離漆黑一片的精神病院。他靠攝影機的夜視功能來看路，可惜電池很快耗盡，不時要尋找電池替補⋯⋯

　　里奈聽完面色一沉，還是跟我一起步出房間。借助攝影機的屏幕小心翼翼地走路。夜視功能需靠攝影機射出的紅外光才能運作，不過這光束很微弱，屏幕外，紅外光被黑暗完全吞沒，所以黑壓壓甚麼都看不見；屏幕上，綠綠灰灰帶有白色小點，景物宛如蒙上一層綠霧，要很接近才看得清晰一點。要不是丟了手電筒，我才不會用這台爛攝影機。

　　門外的牆壁上有深深的花痕，不少石灰和碎石掉落地上。她壓低聲說：「頭先入間房之前，喺走廊見到好遠有人拎住個手提燈同一把長刀。我諗佢係用刀劈落去牆度，一路行，一路大大力刮……似係想話畀人知佢喺度，夠膽就過嚟同佢打過咁。」

　　「呢度有一條好長嘅痕。」她調整攝影機的角度，湊近地板說：「佢刮完牆之後，放低咗把刀拖住咁行，刮花晒個地板。」怪不得里奈說要出來才告訴我，她要查看走廊的狀況，才能確定重擊聲和拖刀聲的原因。

　　我蹲下來，摸摸地上的刀痕，「佢另一隻手拎燈，即係佢單手已經夠力整到咁深嘅刀痕。」他的力道非同小可，萬一被他這樣打一下，想必我已經重傷了，「你望唔望到佢咩樣呀？」

　　「太遠喇，」她貌似發冷地環抱雙臂說：「淨係依稀見到佢個身型，好高好大份……大份到……唔似係人類嘅體型……」

　　大怪獸？我沒親眼見過，只好安慰她道：「隻大怪獸應該係樂

園員工扮㗎啫，唔使咁驚。」

「頭先我唔係有心瞞你㗎，」她看著我，眼眶霧起的水氣反射出來自攝影機的微弱紅外光源，「你啱啱先醒返仲咁虛弱，如果你知出面有隻大怪獸，我驚你又嚇到暈低。到時得返我一個人，實死梗㗎……」

原來我在她心目中是如此不堪一擊。不過在婦產科出口時，我被女員工嚇一嚇就暈倒，確實窩囊得很沒出息。

我按著她的肩膀，看進她雙眼正色道：「放心啦，有我喺度。我唔會再暈低，唔會再賴低你一個㗎喇。」儘管今日我暈倒的次數多得可以成為「本日之星」。

見她抿嘴點點頭，我提醒她，「等陣如果再聽到大怪獸啲聲，我哋要即刻匿埋，唔好同佢硬碰。始終執行注意事項先係首要目標。」

「你估……」她皺著眉瞥了一眼被打凹的鐵門，「個注意事項會唔會係要殺咗佢呢？」

「你做乜學咗彩香見人就話要殺。」我打趣道：「睇定啲先啦，有十足把握先好做。」

接下來，我們發現在精神科各處，都有這些痕跡，說明大怪

獸在四周巡邏，就像……在找獵物似的。

縱使沒有大怪獸，這裡的氣氛跟婦產科的本來就很不同，兩者固然一樣讓人恐懼，不過性質不同。婦產科是死寂一片的陰陰寒寒，精神科這裡則有很多雜音，而且……

「Cole，你睇唔睇到呀？」里奈緊張得掐了一下我的手臂，我忘了喊痛全神貫注在前方。

地上有人，準確地說，有半個人。這具屍體被肢解後，上半身失了蹤，只剩下半身。夜視模式下看見一灘深綠色的，想必是血液，我該不該慶幸看不見血液淋漓的場面呢……

走前幾步，輪到我抽了口涼氣，「上面……」有兩具屍體由天花板吊下來，正下方有椅子，顯然是吊頸自殺。

沒錯，與婦產科最大分別在於，精神科一路上到處都有屍體、人體殘肢或是血跡，我沒打算研究哪些是道具或真屍、他殺或自殺。有目共睹的是，精神科的殺意和危險性，是婦產科比不上的。

走了幾分鐘，我們進入一間開了燈、類似客廳的房間。有個穿著帶有黃色污跡的病人連身裙的中年女人，坐在沙發上看電視，播出卻是伴隨沙沙聲的雪花畫面。瞥了我們一眼，她又看回電視，輕聲哼歌。

里奈上下打量女病人，低聲問我：「睇佢個款，會唔會係生還者呢？」

她提醒我在婦產科的發現：樂園這裡説不定有其他表演者正被逼執行注意事項，或逃命中。

里奈上前，爽朗地打招呼道：「你好呀。」

女病人沒移開雙眼，帶點斥責語氣，「麻美唔准我同其他人傾偈㗎。」

麻美？我鼓起平生最大的勇氣問她：「你喺度做緊乜呀？」嘗試套出注意事項線索，如果有。

她本是空洞的表情，忽然擠起怪異的笑臉，指向電視回答：「睇緊《蠟燭灣》呀，哥哥一齊睇吖。」

我猛然一震，《蠟燭灣》是一則美國都市傳説！不少網民宣稱兒時看過一套名為《蠟燭灣》的卡通片，可是千方百計都找不到它存在過的證據。有些父母甚至説，當年孩子每日在固定時間看《蠟燭灣》，不過大人只能看到雪花。後來有人印證這只是憑空捏造的傳説，可是卻更讓人有種疑幻疑真的感覺……

里奈顯然不知道《蠟燭灣》的來由，只留意到女病人的用詞，「佢叫你做哥哥喎，咩料呀。」里奈語帶諷刺説完，轉頭問女病

人：「你幾多歲呀？」

「優子今年十歲，」她自然而然地答，「麻美姐姐四十歲。」

我和里奈交換一下眼神，自稱是優子、只得十歲？我猜她應該是精神病人⋯⋯

「麻美姐姐係邊個呀？依家喺邊呀？」里奈耐性地問。既然優子有病，找她的疑似隊友比較好。

殊不知，優子竟然答：「麻美喺度呀。」說罷不再看電視，只垂下頭默不作聲。

我愣住，這些不正是鬼電影的橋段嗎？雖則我打從心底知道婦產科那隻倒吊女鬼是員工假扮的，可是我不想再見到她啊！

我急急挽起里奈的手，轉身想跑走，然而雙腿一軟令我跌倒地上，狼狽不堪。

「你哋唔屬於呢度！」冷冷的、兇狠的，一把未聽過的沙啞女聲自背後響起。

霎那間，寂靜婦產科內散發出來獨有的寒氣襲來，我背脊僵直，回頭一看⋯⋯

197

……咦？沒有女鬼，只是優子的表情跟剛剛相差甚遠，雙眼散發著怒氣瞪向我和里奈。說好的麻美女鬼大人呢？

看出我們的疑惑，優子狠狠地答：「我就係麻美！」

甚麼鬼啊？我完全摸不著頭緒，自稱做優子時，明明像個小女孩；說自己是麻美時卻判若兩人。她說優子今年十歲，麻美姐姐四十歲……而這裡是精神科……

難不成……是人格分裂症？優子和麻美都是她腦裡的人格？

麻美倏地站起身，指著我鼻尖厲聲喝道：「你哋兩個唔夠打㗎！受死啦！」說罷她逕自坐下，抱頭不斷大叫：「死晒喇！死晒喇！」

我們來不及制止，麻美的叫聲便惹來大麻煩了。幽幽的男聲在客廳外響起，盪起幾下回音，「Dar～ling～」

麻美聽罷瞬間噤聲，臉露恐慌地喃喃自語：「佢嚟喇……佢嚟喇……」唸完她跳起來，一溜煙跑出客廳，留下還未反應過來的我和里奈。

沒聽見拖刀聲，來者不是大怪獸。難道，麻美口中我們「唔夠打」的、「佢嚟喇」的「佢」，正是外面高呼「Darling」的男人？

「Dar～ling～」輕快的呼喚再度揚出，這次來自客廳的門口。

他來了。

帥氣新郎

　　來者的打扮非常整潔，年齡跟我差不多是三十歲左右，連以男生的角度來看，都覺得五官深邃的他十分俊美，加上憂鬱的漂亮雙眼，活像從雜誌裡走出來的模特兒，想必女生一看就會被吸引過去。

　　自然凌亂的微長黑髮，甚有慵懶藝術家的氣息，身型修長的他，把白色醫生袍和裡面打了領結的西裝，穿得很有品味和優雅。看他溫文爾雅，倒不像是會隨口呼喚「Darling」的輕浮之徒。

　　儘管他掛了「鈴木」的名牌，經歷了接下來的事後，我認為稱他為「新郎」更適合。他沒表情地掃過我一眼，發現里奈時整個人活起來般，漾起溫柔的帥氣笑容，「新娘！」

　　我錯愕地問里奈：「你結咗婚喇咩？」唏噓的失落感驟然降臨。

　　「唔好玩啦，拖都未拍！」里奈一臉茫然，沒注意到我暗暗鬆了口氣。得知她是單身，我甚至有種莫名的興奮期盼。她見到新郎上前，戒備地後退，「我唔係你個新娘呀！」

　　新郎的笑容頓時凝固，雙眼竟泛紅要溢出淚水來。未免太情緒化了吧？他捉住里奈的手腕，苦苦哀求道：「你跟我走啦，依家

唔係新娘，之後會係，我哋會有個好幸福嘅家庭㗎。行啦……」
他的眼神灼灼，情深款款，讓我開始懷疑他是否精神失常了。

我亮出小刀，發出最後警告：「你再唔放開手，唔好怪我傷到
你呀！」

他鬆手後退，忽然收起苦情的嘴臉，清秀的臉孔刹那間顯露
猙獰，咬牙切齒地厲聲道：「行啦！我可以幫你！」他先是喜悅，
後是淒慘，現在是憤怒，整個過程才不過一、兩分鐘。

「你真係認錯人喇！」里奈跳到我面前，掏出刀的手連連震抖。

悲劇在這一刻播下種子。

「一個二個都咁對我……」新郎無視她的武器，一手扣住里
奈的喉嚨，眼裡盡是愛戀和渴望，再度吐出謎語般的話，「真愛，
係要犧牲㗎。跟我返去，痛完就完成喇……差少少……」

「一個二個」？「新娘」不止里奈一人？

里奈的臉被憋成紫紅，我持刀狠狠刺向他，冷不防他徒手握
著利刃，超現實的偶像劇男主角我沒資格做，他卻老老實實地擔
當了。他的眼底射出野獸的光芒，文雅和風度翩翩一掃而空，換
來是絲毫不覺痛似的瘋瘋大笑，血液從他的指縫滲出。我更正，
他演的是精神病殺人犯才對。

他鬆開另一隻手，讓里奈趴在地上拼命作深呼吸，再拿一個小型噴霧器筆直朝我的雙眼噴了噴，一陣清涼的水氣，要不是伴隨怪怪的氣味，還以為他體貼地替我噴上保濕噴霧呢。

　　新郎把里奈抬起來，攔到他的肩頭上。

　　悲劇的種子在這時發芽。

　　「救我呀！Cole！」她怒吼著猛捶新郎。

　　神秘噴霧發揮效力，一陣火熱的灼痛襲向我雙眼，刺痛得彷彿正被千萬隻螞蟻啃咬。

　　「乜嘢嚟㗎？」我伸手擦拭雙眼，哀號喊叫：「放低佢呀！我殺咗你㗎！」可惡的是我自身難保，視力被刺痛帶走了！

　　悲劇種子開出邪媚的妖花，在客廳裡惹人厭地綻放。這裡再也感覺不到新郎和里奈的氣息，他們離開了。等疼痛稍微退去、恢復些許視力後，我從客廳裡茶几上的雜物堆中找到水瓶，急急用水洗臉。

　　眼前掠過中午亡命賽跑的畫面，里奈若然沒有賭上自己的性命，跑出來拉我一把，恐怕我已經被園方抓去當表演主角了。換句話，我的命是里奈救回來的。凡事必有因，她所作的一切最後會反饋於她，盡力去幫助同伴，等於幫了自己。現在，便是我報

答的時候。

　　儘管她不在身邊，我還是堅決地開口說：「我應承過會帶你走㗎。」

　　甫踏出客廳，地上有些熟悉的東西——幾顆小蘑菇。我腦中彷彿打通了一道記憶之門，蘑菇狀的巧克力，我怎麼可能忘記呢！

　　初到精神科時里奈曾經掏出零食，說要給我補充血糖，還嘟嚷過只可以吃一顆，那時的她，多麼可愛⋯⋯這一定是她留下的暗號，好讓我找她、救她！我朝蘑菇的方向行了一陣子，前方傳來窸窸窣窣的聲音，有人蹲在走廊一旁。

　　之前就算再黑再危險，至少還有里奈在旁分擔一下，這時剩下我，周遭一切頓時變得更可怕，我本來已經夠膽小，再經不起任何刺激了。孤獨感、絕望感無聲地洶湧襲來⋯⋯

　　不，就算不是為了自己，也要為里奈振作起來！我靜靜接近那人。

　　他無視我，繼續自言自語地喃喃道，「如果食埋呢隻手臂，就會太飽⋯⋯如果佢依家過嚟，就要避開佢⋯⋯」他剛好說英語，我勉強聽得懂，不得不佩服樂園的貼心安排。

　　到他面前一看，哇靠！他像喪屍一樣，正啃食地上的一坨人

肉。加上攝影機紅外光的反射，在屏幕上呈現他的雙眼宛如發青光地射向我。他停頓了一下，又繼續埋頭啃食，估計園方派給他的角色，是只對死屍感興趣吧。看他身穿病人袍，說不定真的患有異食癖或戀屍癖之類？

「呃⋯⋯頭先有無見到人經過？」有過與麻美的互動，我仍是戰戰兢兢地問：「佢哋行咗去邊？」

這一問嚇得他口中的手臂掉落地上，他驚惶道：「如果佢捉咗人，就會去教堂⋯⋯如果問咗問題，就會有答案⋯⋯如果人數夠多，就可以玩遊戲⋯⋯」

教堂？我掏出樂園的地圖來看，上面並沒有標示有教堂。見他畏畏縮縮，我大了膽子繼續問：「教堂喺邊度呀？」

他不再答話，我搖搖頭，一個瘋子說的話又有多可信呢？

離開吃人怪沒多久，我想我來到了精神科的病房區。原本寬闊的走廊變成被兩旁房門擠出的小通道，空間登時變得狹窄侷促。每道鐵門上有個十幾厘米闊的正方形洞口，讓人可以踮起腳尖窺探裡面。固然，經過多次好奇心害死貓的慘痛教訓，我才不會這樣做。

在我附近、房門緊閉的房間裡面，傳出敲打聲和交談聲的雜音，我分不出是音響效果還是真的有人，暫且假設房門被鎖著，

他們無法走出來。

以防萬一，我還是躡手躡腳地小心移動，警戒著隨時有人撞門而出，將我拉入去，連呼吸都盡量調節輕聲。走了幾步，我最不願意見到的事情擺在眼前……有道房門是打開的！

更糟糕的是，我手中那台破爛攝影機本身已經照得不遠，現在還該死地顯示電池耗盡的警告！根本在作弄我吧！屏幕居然一下子全黑，一下子又正常，然後又全黑，反覆閃個不停，以致我眼裡的畫面，像是眨眼一樣，速度卻是緩慢版。

「畀我啲下啦得唔得呀……」——我心力交瘁地想，內心正詛咒攝影機的製造廠，甚至有點賭氣地想，乾脆關機好了。

伴隨呼呼的心跳聲，我硬著頭皮，盡量遠離那間房向前移動。攝影機照不到房間裡面，卻照到接近門口的地上，擱了一顆親愛的攝影機電池！

房內一片死寂，可能入面的病人已經走出來，不在裡面呢？

我對自己點一點頭，飛快地湊近房門，俯身伸手拾起電池，回身一刻我下意識地抬頭，攝影機屏幕一閃，拍下讓我尖叫的一幕！

修羅地獄

　　房裡面⋯⋯有人面向牆壁席地而坐，被我的動靜驚動，扭頭朝向我。那⋯⋯人的身體瘦到皮包骨的程度，簡直變了形，若果他沒動，根本跟一副死人骨頭沒分別。禿頭的他，臉型異常地長，臉頰和眼眶凹陷，裂到耳朵的大嘴巴，露出參差呈深色的牙齒，像在對我咧嘴而笑！初到醫院被女鬼追殺的恐懼感再度襲來⋯⋯

　　在攝影機夜視模式下，「它」的兩眼發青光！不是人類，它是「異形」！

　　下一秒，攝影機在電池快耗盡的狀態下，不爭氣地自動黑屏，使我看不見異形的動靜！

　　終於，屏幕又再亮起，這時異形已經站直身體！朝向我保持著詭異的笑容。

　　一黑，我急急後退，不自覺地猛搖攝影機，祈求螢幕快點亮起。天啊！快亮起來！快啊！

　　一閃，媽的！異形正往我走過來！

　　一黑，我的身體忽然僵硬了，無法動彈。下一秒異形會怎樣做？該死的屏幕快點亮起啊！

終於一閃，靠！！！是異形的臉部大特寫！它驀地跳到我面前來了！

然後又是天殺的黑屏。

「呀呀呀呀呀呀！！！」我的寒毛直豎，在吶喊的剎那身體好像可以再次活動，握著電池趕緊逃跑。

趁著屏幕亮起我再回頭望，異形跑出房間正追過來！別以為一副骨頭會很孱弱，它的體能可是相當好，即使赤腳，也能跑得快要撞上我了！

「放過我呀！！！」我拼命大喊，加快腳步。

在亮屏和黑屏的交替間，我看得不太清楚，異形的一雙手臂像被人剁走了，光脫脫的，或是穿了精神病人的連身束衣，雙手被包裹在衣服裡面。總之，此刻被這隻又長又瘦的骷髏骨頭狂追，跑慢一點隨時被它吞下肚！

我在心裡重複說服自己：骷髏異形只是戴了面具，它是樂園的員工……骷髏異形只是戴了面具，它是樂園的員工……起碼，跟我同樣是人類吧？

聽見我們的追逐聲，通道兩旁房間的雜音起了變化，紛紛傳出莫名其妙的痛苦叫囂聲，更有不少「人」從房門洞口伸出手來

抓我！

　　無數雙手瘋狂亂抓，場面狀甚怪異，加上後方的骷髏異形維持咧嘴笑、執拗地緊追我。這裡是修羅地獄嗎？

　　我扯破嗓子大喊：「嘩呀！！！」我想我快要被嚇到靈魂出竅了。

　　幾分鐘過了，我總算跑出狹窄的怪手病房區，來到寬闊的走廊上，沒有任何東西追過來。很難想像新郎是如何抬著里奈從怪手病房區順利走出來的。我喘口氣，見有微弱的燈光照明，便趁機關掉攝影機換過電池，繼續前行。遇上分岔路時，都有里奈留下的蘑菇指示方向。

　　最後，我果然來到精神科附屬的教堂了。所謂的教堂，其實只是一個很大的房間，裡面佈置成禮堂的模樣——左右兩排長木椅，最裡面設有小舞台，上面放了一個大型木製倒轉的十字架，周圍血跡斑斑。

　　吃人怪有提過「他」抓了人會帶去教堂，若果我真的在這裡找到里奈，那麼，吃人怪說的話全部都是真的了？我回想一下他說過的話，終究還是像謎語，猜不透話裡的意思。

　　我進入舞台旁邊的房間，一陣濃烈的腐爛肉味混合霉味撲鼻而來，這間房比禮堂血液淋漓得多，映入眼簾的東西令我瞬間愣住。

這裡竟有一個罩了西式新娘禮服、用人體殘肢縫製而成的「新娘」！

由於穿著暴露，不難見到縫接手法相當粗劣，黑線外露、稍微外翻的皮膚溢出血水。它的身軀插在一根木頭上、縫上四肢，還細心地用多條魚絲吊起以防它倒下，頭顱和前臂則用一塊木頭代替。某些殘肢泛黑，看來已經擺了好一段時間，惹來一堆蒼蠅蟲子亂鑽亂飛。

我打量這個仍未完成的新娘，再湊合先前新郎對里奈說的話，大概明白他的舉動了。為了組合一個稱心滿意的新娘出來，他不惜到處捉拿女子回來，將她們碎屍，再挑選合適的殘肢。抓里奈回來，說不定是為了補上它的頭顱和前臂。

「里奈！」我內心高呼，千萬不要來得太遲！

跑到房間更裡面，這裡原本應該給醫院的高層人員作辦公室用途的，寬敞的空間裡，有張辦公桌和幾個矮身書架，最裡面有幾個與天花板齊高的靠牆置物櫃。而房間正中央那幾張手術床，看來是後期才被人搬進來的。

我在其中一張手術床上，找到雙眼闔上、「完整」的里奈，旁邊的床則有具身穿病人服的斷臂女屍。我馬上鬆一口氣，喪心病狂的新郎應該還未對里奈做些甚麼。

「醒呀,里奈。」我搖撼她的肩膀,怕新郎在附近,沒有叫得太大聲。

「Cole!你真係嚟救我!」她一個驚醒,身體抖個不停,哭腫了的雙眼左右張望後,極焦急説:「新郎行開一陣喺咋,快啲帶我走呀。」

我應道:「好!」見她面青唇白,我連忙解開她身上的綁帶。她的左手有點不妥,我挽起手腕一看,她的尾指和無名指被剁走了!傷口見骨正在淌血,怪不得她看起來如此虛弱!

「里奈!對唔住呀!我……」我隨手撿了塊乾布先替她止血,怕她失血過多。

「佢唔唔一路殺人,一路有幻聽……好似同緊所謂嘅新娘傾偈咁……」里奈看著女屍的目光帶有幾分婉惜和內疚,「但喺現實、喺世界任何一度,根本唔存在呢個人……」她正陷入驚慌失措的泥沼裡,説話斷斷續續,「佢淨係十幾年前發夢見過虛構嘅新娘咋……」

我的體溫瞬間冷掉,原來「新娘」不是確實存在於世上的人,純粹是新郎憑夢中的印象,想用其他人的肢體把她拼湊出來。先不論記憶夠不夠鮮明,縱然記得一清二楚,那也只是感覺,要知道感覺是一種縹緲的物質,沒有標準的尺去量度。就算給他千萬個女人,也不一定能組合出那虛幻的新娘啊?

　　我不確定他的智商是否正常，但如此執著，更將虐殺視為家常便飯，去達成不可能的目標，可以肯定的是他心理變態，而且有暴力傾向，是個極度危險的人物。

　　以一個剛目擊又親身經歷完被人活活肢解的女生來說，里奈已經算是相當冷靜堅強，我內心深感佩服。亦因她愈是強忍眼淚，他媽的瘋子新郎愈是讓我氣憤！

　　望著里奈的左手，我極之心痛，聲音不禁凝重起來，「有啲精神病殺人犯喺殺人嘅陣會有快感，我諗仆街新郎唔同，純粹係為咗同新娘『傾偈』。真係好癲。」我扶她起身，急問：「行唔行到？」

　　她默默點頭表示可以，只可惜我們走了才不過幾步，外面霎時傳來輕快的腳步聲。我再也無法壓抑滿肚怒火，既然避無可避，我便替里奈報仇，殺死這個失心瘋的變態！

　　里奈意會我的打算，精神抖擻一下，趕急推我往其中一個置物櫃裡道：「你匿埋先，唔好同佢硬碰硬呀。就算要打，都等我指示，我哋搵機會一齊突襲佢先得呀！」

　　我握緊拳頭，忿忿地瞪著入口道：「我哋有兩個人，我就唔信唔夠佢打！」

　　「佢真係癲㗎，我哋未必夠佢大力。」她紅腫的雙眼令人看得可憐，搖頭說：「當我求下你吖，呢次就聽我講啦……」

　　新郎的腳步聲越來越近，已經不容我考慮，我向里奈點頭後，便躲進置物櫃，然後把櫃門關上。木門採用百葉簾的設計，我看到外面，但從外面看不到我。

　　里奈快速跳回手術床上，吃力地替自己扣回綁帶，藉此掩蓋我來過的痕跡。

　　緊接著，新郎踢著長腿出現，那雙會說話般的俊秀眼睛，含情脈脈地看著里奈，柔聲道：「新娘，久等喇。」

　　該死！我和里奈犯了極度嚴重的錯誤！新郎回來得太突然，我們來不及解下我為她包紮用的乾布！

　　顯然，他發現了不對勁，單刀直入地問：「你朋友嚟過搵你？」

　　他憂傷的秀氣臉孔流露滄桑，儘管是個瘋子，對某些女生來說，還是有種莫名的吸引力吧。

　　里奈頓時一愣，張開口說不出話來。

　　「佢喺邊呀？」他收起對里奈愛意綿綿的目光，厲色地張望四周。

　　房裡沒甚麼多餘擺設，最能藏得了一個人的，就數幾個置物櫃了！

我的心跳瞬間急劇跳動起來，連額頭都緊張得捏出一把冷汗。突襲不成，如果此刻被他發現，我們一定無法活命，里奈會被拔光手指，而我，我沒有把握他肯再放過我了……

「係呀，」里奈的回答成功抓回新郎的注意，「佢嚟咗搵我呀。」

我心臟幾乎要跳出來了！她居然把我供出來？

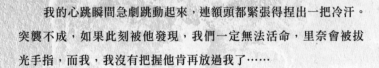

夢中新娘

幸好，她趕緊補充道：「但係喺你返入房之前，佢已經丟低我，自己跑走咗喇。」

媽啊！真是嚇死寶寶了。里奈為了保護我，不惜冒著被新郎揭發而撒謊。

時間彷彿過了幾分鐘地漫長，他沉著氣，一臉凜冽，「佢去邊呀？」

一向瘋瘋癲癲的他，在這種非常時刻卻異常冷靜，思路清晰甚至懂得運用套問技巧，一步一步誘使里奈承認撒謊。假設放他回到現實社會，他或許會是個高智商犯罪者，至少他一臉正經時，確實很有金融才俊的模樣。

「我唔知佢會去邊，但佢知道鬥唔過你就即刻走，應該唔會

返嚟救我喇。」里奈淡然地回答。加油啊里奈,別露出破綻!

他幽幽道:「新娘,以防萬一,我都係望一望先安心,我怕你朋友會整傷你。」

簡直混帳!會傷害她的人是你好嗎!

這下總算考到了里奈,本來已經面色蒼白,此刻連最後一絲血色都褪去了。新郎留下一臉慘白的她,步向我正身處的置物櫃!糟糕了!

置物櫃共有六個,他由左邊第一個開始,逐一打開櫃門。我這個角度看不見他打開了多少個,單憑聲音來猜測,應該下一個就輪到我了!

「新郎!」千鈞一髮之際,里奈大喊一聲,「如果我話你知佢匿埋喺邊,應承你佢唔會傷害我同你,你可唔可以放佢走?」

我沒聽錯吧?這是要犧牲自己,將自己留下來給新郎的意思嗎?

新郎沒有正面回答,只拋出一句,「你話畀我知佢喺邊先啦。」

里奈吞吞口水,朝最右邊的置物櫃抬抬下巴。呼!我躲在右邊數來第三個櫃內,她沒有戳破我的位置。可是,這個謊話會隨

著新郎打開櫃門當場被拆穿，為甚麼她要這樣說呢？

我的腦袋飛快轉動起來，我知道了！我猜，她想引新郎走過去的時候，我破門而出，連同她自行鬆開沒上鎖的綁帶，二人合力擒著措手不及的新郎！

房間內的空氣瞬間凝結，究竟新郎會否言聽計從呢？

這時腳步聲再度響起，新郎移動了！他慢慢進入我的視線範圍內，經過我面前了！千萬別停下來！千萬別打開我的櫃門！

他彷彿故意吊人胃口地放慢腳步，害我緊張得手心一把冷汗。

終於！謝天謝地！他相信里奈！根本沒對我藏身的櫃子感興趣，他逕自越過我面前，走往最右側那邊了。太好了！

接下來，我一手握刀，一手放在櫃門，眼看里奈正偷偷解開綁帶，準備起身撲向新郎，我隨時可以推門衝出去了！我吸一口氣。

豈料，形勢突然來個大扭轉。我沒聽見新郎打開右側的櫃門，冷不防他急速往後退，出現在我面前，並且正臉朝向我！更嚇人的是，明明外面看不見裡面有人，他居然半蹲下身，撐起一個極度陰森的笑容，從百葉窗之間的縫隙，往上看進我的雙眼！

太詭異了！他怎麼可能知道我在這裡？我不禁打著哆嗦，徹

底呆掉，甚至忘了呼吸或大叫。

「捉～到～你～喇～！」他愉快地拖長道，我聽起來卻是鬼聲鬼氣。

糟糕了，今次死定了……得罪瘋子新郎，我的懲罰一定不止被割走兩根手指。新郎伸手拉開櫃門，魔爪快要碰到我了，嚇得我整個身體劇烈震抖起來，腦袋空白一片……

忽然，新郎銳利的雙眼瞥時失去焦點，手掌懸在半空不動。

搞甚麼鬼？

「Cole！快啲出嚟！」里奈屬聲大吼，猛使我回神。

我應聲奪門而出，櫃門撞上新郎，逼得他踉蹌後退幾步。

原來里奈剛才跳到他身後，一刀掃過他背部。他摸摸後背，見到指尖沾血，神色恍惚地問里奈：「點解要咁對我呀？」

天啊，他一副為甚麼妻子要紅杏出牆的驚愕失望表情，看來真的把她當成是夢裡的新娘。不過在場全部人包括他自己都明白，只要取走里奈的十指後，她的下場將跟女屍一樣，利用過後便棄之不顧。

趁他還深深陷入「被出賣」的震撼中，我鼓起極大的勇氣筆直地衝向他，一刀插向他的腹部。這一舉，只成功一半。刀尖沒入身體一吋左右，他立即作出反應，一手抓緊我的手腕，大力地把我推走。

此刻我體會到，儘管他只是徒手，而本應有武器佔了優勢的我，還是輸給他驚人的敏捷度和力度。也對，要在這種惡劣的環境下生存，必定練得一副好身手。

不！在這時認輸的話，我和里奈將會命喪於此！

我改變策略，用另一隻手解開後腰間固定著武器的扣子，拿起棍子出盡力猛擊他。他料不到我還有一手，頭部閃避不及被我打中，悶哼一聲。

里奈本想上前再補一刀，可是她瞬間整個人定住了，我也不由自主地停下攻擊。

頭破血流的新郎，沒因受傷或處於下風而落荒而逃，相反，他像一頭野狼受襲後，準備反擊前發出危險警告，全身散發著一股懾人的兇惡氣勢。若然用動畫的手法來表達，他的周圍會被畫上幾筆猛烈的火焰，用以襯托霸氣。

他兇惡的火焰席捲過來，快要吞噬我了。

走啊，他是瘋子，你不夠他打的！——不爭氣的想法再度在我的腦內響起。

不行！我搖搖頭，堅決地對里奈說：「我哋要打低佢，如果唔係佢一定跟實你！」

不論是醫生護士、菊人形，或是骷髏異形，給我的感覺只是樂園的員工，收了錢或被逼留在醫院打工。然而，新郎是真心要找新娘，不像其他人肯輕易罷休，也不會乖乖留在自己所屬的區域。所以即使我們不能違反注意事項殺死他，至少要保證他無法追著我們跑。

與此同時，新郎當然不會停下來等我們行動，他跑到手術床拿回鋸刀，我和里奈趕緊撲過去，他矮一矮身避開我們的攻擊，這刻我的大腿被鋸刀劃過一下。

「呀！」我痛得失聲尖叫。

他扔了鋸刀，雙手奮力將里奈推向角落，乘勢自她身後壓她在牆上，猛撼她的手往牆壁撞去，逼使她甩掉了小刀。接著，他抓住她的後腦，猛力撞向牆壁，想打昏她。

他打算先將敵人的數目減少，以便集中對付我一人，不得不說這策略很聰明。新郎不僅身手靈活，擁有爆發性的力氣，而且跟人打鬥的實戰經驗比我們豐富，實在難以對付。

　　若然里奈倒下，只剩我一人的話，我們的勝算應該跌至零了吧。我暗叫不好，強忍下大腿的傷痛，飛快上前。里奈的額頭、鼻和嘴角已經冒出血絲！她快不行了！

　　電光火石之間，我想起早前在樂園的城堡大門前，Octivia 從木箱內挑出武器分給我們，除了武器，當中還有不同用途的工具。

　　出奇制勝的機會只有一次──我對自己說，一定要成功。我掏出殺手鐧，悄悄接近新郎的背後。

　　里奈見狀，更是竭力掙扎，高呼道：「我都有夢見過新娘！佢話有嘢要同你講呀！」

　　我當然知道她在說謊，此舉無疑是想吸引新郎，將他所有的注意力集中到自己身上，好幫助我突襲成功。

　　沒錯，我一定要成功。

淒美愛情故事

　　一聽見「新娘」二字，新郎隨即愕一愕，手上的動作僵住了。

　　就在這刻！

　　深知機會只有這一瞬間，我接下來的行動利落地一連串進行，絲毫不讓新郎及時制止。所謂的殺手鐧，其實只是手銬，由於僅此一個，只有在不得已的情況下才捨得使用。

　　我火速上前將手銬一把扣住新郎的手腕，再不假思索地將手銬的另一端，拴到最接近的物件上，然後拉開里奈退到一旁。

　　由於事出突然，新郎在恍神的頃刻沒用力，我才能從他手中搶走里奈。

　　呼——這下我才敢鬆一口氣。我將手銬扣了在辦公桌的桌腳上，這辦公桌是固定在地上的，不可以搬起來或移動。

　　「呀！！！」新郎拼命地拉扯手銬，大汗淋漓，扯破嗓子地吼叫。

　　多虧里奈的配合，我才能一口氣鎖著新郎，若非她的手受了傷，我早跟她來個過氣的擊掌慶祝成功了。

　　新郎打消弄斷手銬的念頭，忽然朝我們伸手猛撲過來，被牢牢拴著的手腕勒得泛起紅痕，止住了他的靠近。他執拗的病態程度告訴我，若然鋸刀還在他手上，他會毫不猶豫拿它來鋸斷自己的手，也要抓到里奈為止。

　　見碰不到里奈，新郎的臉皺成一團，猙獰地說：「明明痛一

219

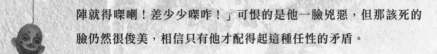

陣就得㗎喇！差少少㗎咋！」可恨的是他一臉兇惡，但那該死的臉仍然很俊美，相信只有他才配得起這種任性的矛盾。

里奈沒被他的美色蒙蔽雙眼，生氣地回嗆：「就算我切晒啲手指畀你，你都唔會見到你個所謂嘅新娘！因為根本就無呢個人，你黐咗線，要睇醫生先得呀！」

罵心理不正常的人「黐線」是大忌，想必里奈是見新郎無法攻擊我們才敢開罵。

我替自己的腳傷包紮完成後，要里奈幫忙拉一把才站得起身，我道：「唔好理佢喇，我哋走啦。」

見我們要離開，情緒化的新郎倏地熄滅怒火，像洩了氣的氣球般，無力地靠在辦公桌腳癱坐下來，可憐兮兮唸道：「我哋⋯⋯本來會有個美滿嘅結局㗎⋯⋯」

哀愁的他欲哭無淚，失去血色的嘴唇微顫，凌亂的微長髮遮蓋雙眼，竟有一番憂鬱的頹廢美感。

里奈回頭向他投以同情的目光，對我說：「雖然佢切走咗我兩隻手指，我估佢應該都殺死咗唔少人，但都係因為佢有病⋯⋯佢咁辛苦想搵一個人，又搵極都搵唔到，其實佢都幾慘⋯⋯」

消化完她的話後，我反倒認為是因為新郎一臉帥氣才搏得里

奈的同情。我説：「無論出於咩原因，佢傷到人就係唔得。如果唔係因為有注意事項，我已經殺死咗佢喇。」當然也要在他無法動彈的情況下才有把握。

「唔知佢細個嗰陣時，有咩遭遇搞到佢依家咁，」她嘆氣，「佢呢種扭曲偏執嘅單戀，害死咗佢。」

忽發奇想，如果讓新郎與美艷天韻遇上，看著新郎苦苦糾纏同樣是思想扭曲、行為乖張的天韻，籠裡雞作反，那場面應該有幾分玩味。

話説回來，自從我們進入醫院之後，便沒再聽過天韻的廣播，無從得知外面的情況。大概園方打算放任我們自由探索，直到完成或違反注意事項才出手吧？

反正醫院內想必處處裝有偷拍鏡頭，園方安心把我們當作實況真人騷節目，讓那班上暗網的變態觀賞，能從中獲利便夠了。我不由自主地嘆息，與他們較勁，我們處於絕對劣勢。執行注意事項這一絲希望，究竟能支撐我們多久呢？

其時，我和里奈已經踏出房間。背後傳來新郎的喃喃自語，又像在哼唱，夾雜啜泣聲，「Dar～ling……Dar～ling……」

離開教堂，我和里奈已經疲憊不堪，可是我們硬撐著繼續往前行。我向里奈簡單交代尋找她和新郎時，我所遇到的事。比起

里奈被剁手指，被骷髏異形追殺簡直是小事一樁。

　　走了一陣子，我們左轉後看到走廊的盡頭處有道門，門上有個發光的指示牌，「出口」兩個大字讓我們齊齊輕呼一聲，甚至有光線從外面經門縫穿透進來！

　　我們意外地找到醫院的出口！

　　然後，樓上傳來讓我又驚又喜的熟悉聲音。我們現在身在二樓，這邊的天花板疑似採用木板，加上日久失修，隔音和防震功能都極差，以致我們能清楚聽見正上方三樓的情況。

　　上方忽然傳來「嘭」的一聲巨響，緊接有兩把女生尖叫聲，嚇了我一大跳，里奈比我反應快，吐了一句，「Cole 你聽唔聽到呀？唔通係 Octivia 佢哋？」

　　我馬上抬頭吶喊：「彩香！Octivia！」

　　上方的女生似乎沒空兼顧我們，只管大叫和奔跑。我們頭頂的天花板傳來她們的腳步聲，憑聲音判辨，她們正朝前方狂奔。她們似乎被甚麼恐怖東西追殺著，我不禁啞然。如果三樓和二樓的設計一樣，她們或許也正往出口衝刺。

　　里奈顯然比我早一步想到，拉起我的手肘急道：「我哋都跑喇！」

對，只要打開門，我們和Octivia她們，便能一起逃出醫院了！

我忍著大腿的傷痛，靠著里奈的扶持，與她一起向前面的出口狂奔。大力推開門，外面耀眼的陽光刺得我連忙緊閉雙眼，同時拼命呼吸著自由的空氣。

你聽說過嗎？
Nara Dreamland

奈良夢幻樂園

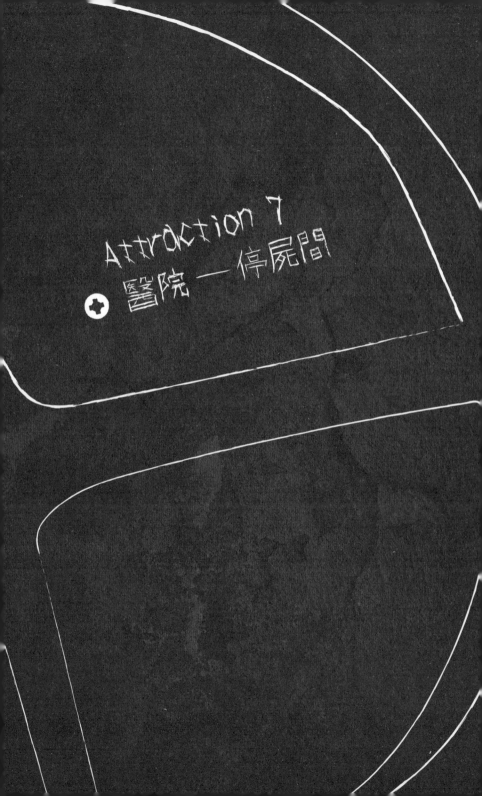

絕處逢生

急速的腳步聲越來越接近我們，當眼睛適應光線後，上方的人剛好跑到我們眼前。

「Octivia！彩香！」里奈激動地嚷道。

「Cole！里奈！」她們大聲回應，極焦急地催促道：「唔好講住，我哋快啲走呀！」

「吓？」里奈一時反應不及，「咩、咩事呀？」

四目張望，我赫然發現這裡根本就不是醫院外面！他媽的！我們還在該死的醫院內！只是這個空間燈火通明，剛剛在門外才會誤以為是陽光。

這裡看來是醫院的後樓梯間，有樓梯連接上下層。目睹這事實，我不由自主地陷入絕望。靠，到底還要待在這裡多久啊？說好的注意事項呢？

四人在狹窄的空間混亂推撞間，感到 Octivia 她們逼切地猛推我和里奈往下走。經過之前的惡鬥，我們固然明白走遲一步會沒命這道理，唯有重新振作，順從地、頭也不回地往下層跑。

來到一樓我們想開門，不過門被鎖上，只好往再下一層走，到達 B1 層。撞門而進後，我們逃到同是燈火光猛的另一區內。

Octivia 她們慌忙用雜物塞在門口，下一秒怪物便趕到門外大力推撞，推了幾下便放棄，我聽見它的腳步聲遠去了。

鬆一口氣之後，我們才有時間好好重聚。彩香抱著里奈，哭喪著臉道：「你哋無事就好喇，我哋好慘呀。」

我上下打量彩香，雖然表面看來全身沾滿血跡，頭髮凌亂，卻不像受了重傷，頂多只屬皮外傷，似乎是染了別人的血液而已。相比起來，里奈不僅痛失兩隻手指，還被新郎打到頭破血流，不過臉上的瘀傷擦傷沒減退她的美麗，反而突顯出她的堅強。

今早在咖啡店初見里奈，一身可愛的日系打扮，看似只是個入世未深的嬌柔女學生。我靜靜嘆息，樂園逼出她剛烈又正義凜然這一面，若然可以的話，我倒是希望她能活得無知平安就夠了。

里奈不禁帶有慍色問彩香：「發生咩事呀？」

Octivia 斜眼掃向彩香，「佢乜事都無，我就俾人插咗幾刀囉。」

Octivia 的情況明顯比彩香慘烈多了，衣服多處被割破，露出淌血的傷口，面色也比走散前蒼白了許多。說話的同時，她已經撕掉衣服的一角，正自行包紮了。Octivia 看來不太嚴重，也很會照顧自己，應該不用太擔心她。

我坐在地上稍作休息，這才留意到大腿上的傷口因為先前的狂奔，又再撕裂了些許，血液滲出來，滴往地上了。

「Cole，你流好多血呀，無事嘛？」彩香蹲下來檢查我的傷口問。

里奈也湊過來，想幫忙重新包紮，卻因為手傷不方便，便由彩香代為處理。

「哇！里奈你……」彩香驚訝問：「你啲手指點解會咁㗎？」

縱使里奈左手包了厚厚的布條，光憑外型不難分辨到她沒了兩根手指。里奈似乎暫時放下心裡的創傷，大方地描述我們的遭遇，彩香她們聽罷也交換了訊息。她們面對的東西也不比我們遇到的弱小，好幾次從死亡關逃命活過來。同樣地，她們沒錯手殺人，代表我們暫時未違反注意事項。

其實跟她們會合前，我一直擔心我們四人之中會做錯事，或過了時限而被判失敗。可是園方直到目前仍未抓走我們，顯然是讓我們繼續執行注意事項。換句話，雖然未逃出醫院，但至少我們四人都並無大礙，還有機會做注意事項，亦即有機會活著離開醫院、離開樂園。

「Cole，我睇你等陣要慢慢行喇。」里奈擔憂道：「你個傷口未埋口，一郁就係咁流血，我驚你郁得太勁會失血過多。」

「我 OK 㗎，唔使咁擔心。」我咬緊牙關地答。比起痛失手指的里奈，我這小小刀傷算得上甚麼？一個女子於這種情況下仍能保持鎮定和堅強，甚至照顧關心我，我又怎可以在這時候軟弱下來。

不管我們身在醫院裡的哪個部門，都需要體力勞動，或逃亡或打鬥，我實在不想成為拖大家後腿的負累，到時一定要硬著頭皮捱過去。

「關於注意事項，你哋嗰邊有無收穫？」我慚愧地搔搔頭，「老實講，我哋掛住避開班黐線醫生護士，真係無多餘心思去諗咁多，臨尾仲俾個新郎追殺。」

里奈對她們打趣補充道：「個新郎幾靚仔㗎。」大概暫時安全加上重遇同行者，里奈才有心情開玩笑，這樣苦中作樂一番也好。

原本以為 Octivia 她們同樣毫無頭緒，殊不知 Octivia 竟説：「其實頭先聽完你哋嗰邊嘅事，我發現我哋有個共通點，諗諗下，或者係樂園畀我哋嘅線索。」

彩香搶道：「吓？我唔覺我哋有遇到靚仔喎。」

目標人物

Octivia 沒理會誤了重點的彩香，繼續説：「總結嚟講，有無

發覺傷害我哋嘅人全部都係醫護人員，而班病人無搞過我哋，甚至有啲俾班醫生搞返轉頭？」

我仔細地回想，傷害過我們的有護士和醫生，新郎也罩了件醫生袍。病人方面，破肚孕婦、優子與麻美、吃人怪等，統統沒碰過我們，甚至疑似警告或提醒我們去向似的，儘管菊人形和骷髏異形快要把我嚇到靈魂出竅，可還真的沒弄傷過我⋯⋯

我道出以上，里奈消化完 Octivia 和我的話後，推敲説：「所以，注意事項嘅線索就係『我哋嘅敵人係醫護人員』？」

我同意，「唔唔，確實係咁無錯。」

彩香事不關己地坐在一角，反對説：「唔係喎，我同 Octivia 有俾病人搞㗎喎。」

Octivia 再次無視彩香，對我們説：「不如你哋再細心諗下仲有咩線索啦。」自從走失後，我隱約感到 Octivia 對彩香的態度好像變差了，大概彩香做了甚麼或説錯話得罪了 Octivia 吧。

「目前我哋有兩個線索，」我整理思緒，「一個係唔唔嗰個。另一個係入嚟之前，天韻直接講嘅，佢叫我哋殺一個人，唔可以殺多一個。」

「Group 埋兩個線索！」Octivia 激動地豎起食指，「我哋要

殺死敵人,即係殺死班醫護人員!」

　　這也我有想過,可是不符合條件,我說:「唔係喎,我哋淨係可以殺一個人,醫院入面咁多醫生,唔可以殺晒佢哋……」

　　「咪住,」Octivia坐到我旁邊問:「Cole你再講清楚啲先,你頭先話班病人有警告過你,或者提醒你哋?」

　　里奈摸了摸下巴,「我哋婦產科嗰度,有個女病人暗示過樂園入面,可能有另一班表演者……」她說的是破肚孕婦。

　　Octivia唐突地抓住里奈的手腕,緊張地問:「有無講嗰班係咩人?」

　　「無講呀,」里奈愕一愕,慶幸她捉的不是自己受傷那隻手,「個女病人其實已經死咗,我哋估佢係表演主角之一……」

　　我想了想,嘗試說:「其實有個食人怪講咗另外一堆嘢,令我有啲介意……唔知關唔關事……」

　　當時新郎擄走里奈,我待雙眼的疼痛一過後步出客廳,就在那時,於走廊遇上一個正在吃屍體的病人。由於太焦急要去救里奈,沒仔細推敲吃人怪那謎語般的話。現在經Octivia這麼一提,說不定部分病人是負責給我們線索的。

「佢嗰陣講嘢一嚿嚿，仲以為佢講嘢無句真。」我坦承，「點知俾食人怪講中咗，佢話如果『佢』捉咗人，會帶去教堂。事後我又真係喺教堂搵返里奈，咁我諗食人怪講嘅『佢』，應該就係指新郎。」

「頭先你無同我提起有呢個人嘅。」里奈皺皺眉，「佢仲有無講啲咩呀？」

「佢講咗一大堆嘢㗎……」我絞盡腦汁地努力回想。沒想到當時純粹認為是支離破碎的瘋話，現在或許是救我們一命的重要線索。

終於，我靈光一現，立即説：「呀係喇，食人怪話咩人數夠呢，就可以玩遊戲，仲話如果『佢』依家過嚟呢，要避開『佢』嘅！」

見謎霧逐一散開，里奈的雙眼晶晶發亮，「咁好明顯，佢呢次講嘅『佢』唔係新郎，而係另一個人。因為你搵到新郎而無避開佢，最後都無事呀。」

「無錯，」Octivia 進一步推理，「而嗰陣你哋係得兩個人，佢話人數夠先可以玩遊戲，係咪即係話，我哋四個要會合咗，先可以做某件事？」

里奈扯高嗓子道：「係喎！我同 Cole 遇過一個叫麻美嘅病人，佢有講過話，得我哋兩個係唔夠『佢』鬥，嗰陣佢一講完新郎就

出現，咁我哋好自然以為麻美講嗰個人係新郎。會唔會，麻美同食人怪講嘅係同一個人呢？」

她的話不無道理。我和里奈勉強算是成功對付了新郎，表示新郎不是麻美他們提示裡指的人。要找的人，是我們二人無力招架的，才需要會合四人去對付。

我進一步整理線索，「得兩個人嗰陣要避開某個人，到我哋四個人齊嘅時候，就可以唔使避開佢？」

里奈本想舉手表示同意，傷口傳來疼痛讓她急急垂下手。

「再加埋之前嘅線索嚟諗，」Octivia 急道：「即係話，我哋四個人要合力，先可以殺死目標人物！」

我腦內立即有個畫面，嚴格來說，是聽見一種聲音。我連忙說：「要四個人先殺得死嘅，一定係勁難對付，大有來頭啦！」

豈料，Octivia 和彩香聽罷，異口同聲驚呼：「Doctor Monster！」

我和里奈也來個眼神交流：Monster……大怪獸！我耳邊再次響起的，正是初到精神科，房外那震撼的重擊聲和鐵鏈聲！

始終我們和 Octivia 所到之處不同，為了印證大家說的是同一個人，里奈遲疑地問：「你哋講嘅 Doctor Monster，係點樣㗎？」

233

Doctor Monster

「我哋無正面遇過佢。」鑑於彩香說話有時語無倫次的，便由 Octivia 主力描述，她說：「當時我喺外科手術室入面搵緊嘢，彩香負責睇水，佢見到有四個人衝緊過嚟，咁我哋就匿喺手術室入面間房仔度，然後班人就入咗手術室。」

她的神情凝重，「呢個時候，走廊傳嚟好大聲重擊聲同拖刀聲，有人打開門，一輪慘叫聲之後，成間手術室靜晒，淨係聽到啲重擊聲慢慢遠離我哋……隔咗陣，我哋先敢行出去睇下咩事……」

「結果……」連參過軍的壯健 Octivia 也吞吐起來，「成間手術室好似俾人淋完紅油咁，啲血噴埋上去天花板，再滴返落嚟搞到我哋成身血……班人俾人斬到一件件，搞到一地都係，仲要……個個都唔見咗個頭……」

我已經幻想到當時的慘狀……光聽 Octivia 形容都覺得很震驚，更何況是親眼目擊。

她雙臂環抱自己說：「我喺地下發現本身無嘅名牌，應該係兇手殺人嗰陣，唔小心整跌嘅，塊牌寫住『Doctor Monster』……」

大家聽完，禁不住哆嗦連連。即是說，Doctor Monster 有能力同時解決掉四個人，而且手法相當殘忍……不用多想，這名 Doctor Monster 便是我和里奈在精神科遇上的大怪獸。

Octivia 望向我和里奈補充道:「依家諗返起,嗰四個人有啲特別……唔係著病人或醫生衫,而係著便服……」

「咦?」里奈側側頭問:「咁唔通嗰四個唔係病人,而係另一組表演者?」這個不經意的動作,配上她標緻的五官,無形地增添可愛感。

彩香一愕,「無可能喋?你哋估樂園第二度有其他表演者都唔奇,不過園方唔會安排佢哋咁近我哋囉,唔驚我哋遇上咗會聯合一齊咩?」

我豎起手指列出,「喺樂園入面,著便服嘅只有兩種人,一就係其他表演者,二就係班有錢佬貴賓,而園方係唔會殺貴賓嘅。」此話一出,表示贊同里奈的說法,故她對我微微點頭。

里奈想起甚麼似的,忽然瞠大雙眼,「除非……Doctor Monster 唔係園方員工,而係好似新郎咁真係癲咗線,純粹享受殺人嘅樂趣!」

糟了,看來對付 Doctor Monster 的困難程度又提升一級了。

「諗返我同里奈喑喑去到精神科,」我告訴 Octivia 和彩香,「嗰陣如果俾 Doctor Monster 發現咗,我諗……我哋實唔夠佢打……」我們一定會被分屍了……

「相信自己啦，意志夠堅定，幾難嘅事都一定做到。」Octivia 安慰道：「我以前都好瘦好屎㗎，咪又係靠意志操到依家咁樣。」

我不由地上下打量強壯的 Octivia，完全幻想不到她瘦削時長怎麼樣。到底有甚麼動力，驅使她有如此堅定的信念呢？

「講返注意事項先，」里奈的語氣帶有隱隱的領導氣勢，把話題拉回來，「勁難對付，而且又要係醫護人員，咁即係話，我哋要做嘅就係，要殺死 Doctor Monster 啦……？」

我們無人敢答話，大概不想承認即將要去做送死似的事……畢竟有另外四個人曾經合力對抗 Doctor Monster，結果還是敗得一塌糊塗。

未幾，彩香説：「唔係喎，呢個猜測，係建立喺麻美同食人怪上，始終佢哋有病㗎喎，講嘅嘢可唔可靠㗎？」

一向路見不平的里奈當然直斥其非，「你咁講就唔啱喇，心理病分好多種，食人怪可能有異食癖，麻美優子應該係人格分裂，咁唔代表佢哋智商有問題或者唔可靠㗎喎。」

Octivia 附和，「係㗎，而且再加埋我哋兩邊個情況 Group 一齊嚟估，應該唔會錯得去邊。」

有了剛剛的推論，其他線索登時變得明顯，不得不説樂園確

實處處給了提示，只是我們當時沒察覺。「銅匾，」我問她們：「你哋有無印象我哋啱啱入醫院，喺大堂有塊介紹呢間荒廢醫院背景嘅銅匾？」

彩香問：「話呢間醫院鬧鬼嗰塊嘢？」

我說：「啱咗一半，嗰塊銅匾講嘅重點，唔係呢間醫院有幾恐怖，而係醫院荒廢嘅原因。」

由於當時是里奈負責翻譯，她比較有印象，「係因為班醫護人員做黑市生意，害死好多病人。」看來她開始明白我想表達甚麼，她接著問：「所以樂園嘅設定就係，呢班醫護人員係衰人，係抵死嘅？」

即是說，如果我們一定要硬挑出一個人來殺，最該殺的應該是最罪大惡極的人，亦即醫護人員。

說罷里奈卻又一臉困惑，「不過塊銅匾講，當時係由院長帶頭做呢啲陰質嘢。咁頭號目標人物，應該唔係 Doctor Monster，而係院長先啱呀？」

也對，誰去管神秘的院長是甚麼樣子，至少不用與 Doctor Monster 惡鬥已經很好了。

冷不防，Octivia 突破盲點，「邊個話 Doctor Monster 唔係院長？叫得做 Doctor，都可以做院長㗎。」

她一語破的，見我哋無法答話，續説：「除咗頭先講嗰啲線索，你哋再諗下，我哋一路上遇到無論係醫生定病人，大部分都只可以留喺自己所屬嘅區域，唔可以去醫院第二度。」

「不過 Doctor Monster 就唔同，佢可以喺二樓同三樓自由活動，B1 層呢度應該都得，不過我哋未遇到佢，唔太確定。咁代表佢似乎有別於其他醫生，唔係一般嘅醫護人員。」

她説得對，種種線索都説明，Doctor Monster 是獨特的存在。我們有九成把握，醫院的注意事項裡要消滅的目標人物，便是兇殘的 Doctor Monster……

我説：「既然我哋要賭上自己條命去做注意事項，咁我哋要確保唔好殺錯人先好落手。即係話，我哋要照住呢條線索去行動。」

彩香説：「咁我哋依家去搵院長出嚟，殺死佢啦！」

「唔係。」我搖頭，「我哋首先去咗院長室，確定院長即係 Doctor Monster，先好落手。」

里奈支持道：「講得啱，殺人已經唔啱，更加唔可以貿貿然見到 Doctor Monster 就殺。」話間透出抗拒下手殺人的矛盾感。

「好，咁我哋行喇。」Octivia 提醒説：「大家要比之前再小心啲，醫院呢度應該周圍裝咗偷聽器，即係話，樂園知道我哋差

唔多破解到注意事項，佢哋一定會升級留難我哋。」

既然人齊，我把一直感到不對勁的事問出：「你哋覺唔覺，自從入咗鬼屋就變得好靜？我意思唔係入面呢度靜，而係不嬲多嘢講嘅天韻無再出聲。」

「呢點我都覺得好怪……」彩香皺眉，「話晒我哋已經知道佢哋直播緊呢度嘅情況，天韻理應會好似主持人咁一路旁白，搞下氣氛畀班觀眾睇㗎。」

Octivia 若有所思，道：「或者佢熄咗個廣播，淨係喺個直播 Channel 度講嘢，我哋先聽唔到佢講嘢咋。」

里奈和議，「係啦，依家最重要都係做注意事項，我哋唔好俾其他嘢分心。」

復仇武士

「但係點去院長室呢？而且我哋依家喺邊呀？」里奈問。
「大鑊喇……」彩香驚愕說：「我哋依家喺停屍間呀。」

我正開口問她怎麼肯定時，發現 Octivia 正拿著一份醫院大樓平面圖。我探頭問：「點解你會有嘅？」

彩香解釋說：「我哋同你哋走失咗之後，一路有係咁睇醫院啲

文件，無意中搵到呢張嘢。」

Octivia 不愧是我們的軍師，如果沒走失，剛才的路有她護航一定沒那麼驚險可怕。

「好！」里奈忽然大呼一聲，嚇了我一跳，「雖然 Doctor Monster 係難對付，我哋只要唔好再走失、一齊合作係有機會㗎，我哋行啦！」

Octivia 似乎被她的樂觀感染了，露出讚許的微笑，把手搭在她的肩膀上說：「如果我哋喺另一個情況相識，可能已經做咗好朋友喇。」在樂園這不尋常的環境，無論是誰都沒有悠閒的心思去結交朋友吧。

里奈面露喜悅地拍拍 Octivia 的後背，二人惺惺相惜地笑而不語，無聲勝有聲。

我上前走在里奈另一端，學 Octivia 輕輕摟里奈的肩，見她沒抗拒我便沒縮手。里奈，在平行時空的我倆，會不會已經……？

離開 B1 層、進入一樓的範圍後，便聽到讓人心驚膽跳的聲音自遠處響起。重擊聲、鈴鐺聲和拖刀聲！

我打量四周，這裡跟婦產科和精神科的環境截然不同，一片光明而且相當整潔，根本不像是荒廢多年，伴隨消毒水的氣味，讓我

有種來到仍在運作中的醫院的錯覺。我們加緊腳步，很快找到院長室。佈置跟其他醫務人員的辦公室無異，有張辦公桌、幾個書櫃和檔案櫃，桌上有個水晶座桌名牌，黑字印上「Doctor Monster」。

為了再進一步肯定 Doctor Monster 就是院長，我們四人分工在海量又零亂的文件裡面，找出存放醫務人員個人資料的位置。手中的純文字檔案所顯示的內容不多，職銜欄上印有「院長」的他，真正名字是坂井十兵衛，年齡四十一歲。

「坂井十兵衛……」里奈喃喃唸唸院長的名字，倏地抬頭用篤定的語氣說：「我好肯定院長，就係 Doctor Monster 呀！」

沒頭沒尾的斷言，讓我一時接不到話，愣然地張開口。

「日本有個都市傳說，主角個名，正正就係坂井十兵衛。」見我們眾人無人答話，她吸一口氣開始解釋，「故事發生喺幕府時代，有個叫坂井十兵衛嘅武士，全家慘死喺另一個武士手上，而佢後來亦被呢個武士殺死。傳說中，佢嘅靈魂留咗喺某條隧道度，久唔久會傳出拖刀聲，仲有人話見過呢個武士亡靈嘅身影。聽講呢條隧道就係喺坂井十兵衛嘅屋企附近，而且……」

「唔好再講喇，」彩香打斷里奈，雙手掩耳道：「我唔想聽呀！我哋實唔夠佢鬥啦！」

「你細聲啲啦，想俾 Doctor Monster 聽到咩。」Octivia 對

彩香皺眉，「里奈，你講埋落去啦。」

走廊傳來的鐵鏈聲漸大漸小，表示 Doctor Monster 正來回巡邏，與對方碰上是隨時的事。

「而且，當時呢個坂井十兵衞全家嘅死法……係斬首。」里奈吞吞口水，「之後喺嗰條隧道，發現過幾條屍體，都係無咗個頭㗎。相傳話，係呢個武士亡靈返嚟報仇……」

那就沒錯了。Doctor Monster 即是院長，亦是名為坂井十兵衞的疑似……武士亡靈。

確定 Doctor Monster 是目標人物後，Octivia 火速有了作戰計劃，「咁啦，我哋匿喺度埋伏 Doctor Monster，佢一行過嚟，我哋就衝出去突襲佢。」

「吓，咁樣等，唔知等到幾時喎。」彩香用帶有斥責的眼神問里奈：「而且，點解你哋咁肯定呢個日本武士就係 Doctor Monster 先？你講嘅都市傳説，我係日本人都未聽過，你肯定你無記錯搞錯？」先前里奈跟她們說菊人形的事時，彩香好像也表示沒有聽説過。

被質疑的里奈有點惱怒，「我敢用我條命嚟賭呀，咁你話我有幾肯定啦！」

　　也對，殺錯人的後果要我們四人一起來承擔，如果不確定，里奈絕不會隨便亂説。見里奈如此斷定，再加上之前種種推測都直指 Doctor Monster 正是院長，亦即日本武士，彩香暫時想不到反駁的話。

　　我們整理一下武器、稍作休息沒多久，Doctor Monster 發出的聲音與我們愈來愈接近了。我們即時站起來，湊近微開的門縫間，小心翼翼地窺看走廊。一切按照計劃進行，我們打了如意算盤，準備好撲出去殺他一個措手不及。

　　伴隨「咚咚」聲的巨響，他經過我們眼前。來者身型相當高大，穿了日本武士傳統盔甲，全身有由金屬所製的鏈甲和包有護盾保護著，盔甲主色為黑色配搭部分紅色，戴有同樣華麗而沉重的鐵頭盔，頭上飾有一輪金色彎月。

　　這身裝扮我在電視及博物館見過，現在親眼目睹真人穿上，倒覺得有種超脱現實、以為自己撞見正在演古裝劇的演員的感覺，然而他身上其他物品和配件，形成一股極度危險的怪異感籠罩著他，讓我們四人瞬間呆掉，一時之間，無人敢發言或行動。

　　他戴著那種鮮紅色、面目猙獰的傳統日本般若面具——看似痛苦地皺起扭曲的眉頭，一副似笑又似哭的模樣，眼白和牙齒塗上金色油漆。這種充滿怨恨的惡鬼臉，勾起我曾經看過《金田一少年之事件簿》那種不寒而慄的回憶。

我和里奈猜測得沒錯，他一手拿著手提燈，另一手握著刀身稍彎的長刀，一眼便認出那是武士刀，而且相當堅硬鋒利。他邊走邊揮動武士刀，即使在這光猛的場所，也能依稀看見刀鋒與水泥石摩擦而產生的火花。

當他背向我們之際，我終於明白，之前聽到的鈴鐺聲和拖行聲是甚麼一回事了。一條粗鐵鏈綁在他腰間，在地上拖出一條血路。隨著他緩慢經過，我見到他正拖著的東西……

是該死的人頭！滿臉血跡的死人頭！天殺的！而且還不止一個，而是一個接一個，總數有四個之多！

我想我已經嚇得面無血色，聽見里奈擔憂的問候時，才驚覺Doctor Monster 已經走遠了。剛才被他強大的殺氣震懾住，讓我們四人全都反應不及，沒即時撲出去突襲。

「Cole、Cole！」里奈推推我手臂。
「係、係。」我恍一恍神。

里奈鐵青了臉，「Doctor Monster 呢一身盔甲同武器，睇落同傳統日本武士有啲唔同，似係有改良過……」

我回頭打量彩香，她仍是一臉厭惡地站在最後方。比起在日本讀書的香港人里奈，彩香顯得有點無知，她沒指出 Doctor Monster 的裝扮有否改良過，或者因為剛才太突然一時間沒注意

到。可是，有些里奈跟我們分享，於日本耳熟能詳的都市傳說，彩香居然沒聽說過。還是說……我把目光移回里奈身上，抑或是她平日有鑽研日本文化？

我問 Octivia：「佢頭先拖住四個人頭，會唔會就係你哋喺三樓遇到嗰四個便服人？」我記得當時 Octivia 發現的碎屍，全部都沒了人頭，說明 Doctor Monster 有收集人頭的另類癖好！

「係啦，」彩香愕一愕，「殺人嗰個實係佢啦。」

里奈嘴唇泛白，「依家點呀？追出去？」

我把雙手藏在背後，不想讓她們察覺我因懼怕和緊張而不禁震抖。深呼吸一下鎮定後，我推門率先走出去，壓低聲說：「行啦，我哋行前少少搵第二間房。」

Octivia 的計劃與我的不遠，大概體諒我的膽怯，她越過我走在最前方說：「無錯，其實我哋已經好接近佢，而佢又不停喺呢區兜嚟兜去，不如我哋搵間房匿埋，試下再搵機會突襲佢。」

里奈接話：「好呀，咁不如轉埋呢個彎……」帶頭的 Octivia 在一個轉角後陡然煞停，害里奈的話說到一半便打住了。

Octivia 驚呆地緊盯前方，由於被牆身遮擋著，我不知道她看見甚麼，只聽見她失神地喃喃自語……

「無喇無喇⋯⋯」

拚死一戰

後方的我們三個一擁而上擠過去，果不其然，拐角後一看，那個散發殺意的 Doctor Monster，顯然聽到動靜，早已站在走廊的另一端上等待我們。

「走、走呀！」彩香由頭到尾都不想對付 Doctor Monster，見了真身，更是害怕得急著要逃。

勇敢的里奈猛拉著彩香，半帶嚴厲地說：「呢個注意事項要四個人一齊執行先得，你唔准走呀。」

彩香掙扎，「唔制呀！呢條友可能係亡靈！佢根本唔係人呀！」根據里奈口中的都市傳說，作惡的是復仇武士的亡靈。

我反而絕望地想，若然站在面前的是亡靈，對我們倒是更有利。俗語說，人怕鬼三分，鬼怕人七分。我們四個起碼有「陽氣」可以壓過亡靈吧。可惜現實中，他是個不折不扣的人類，而且是個發了瘋和喜歡收集人頭的殺人狂魔⋯⋯

Octivia 喝道：「你醒下啦！之前我哋遇過嗰四個人都想走㗎啦，咪又係俾佢追殺。我哋走唔甩㗎，唯有夾手夾腳殺死佢！」

　　事到如今，逃避或妄想跑掉再埋伏，這些計劃確實已經沒可能成功。我一手握刀，一手握棍子準備迎戰。

　　持雙刀的 Octivia 率先跑向 Doctor Monster，對方將手提燈拋往地上，舉起武士刀向我們衝來，刀尖擦過幾道鐵門，發出刺耳的刀刮聲，登時害我起疙瘩。

　　沒時間發呆了，我們緊隨著 Octivia，上前一同襲向他。

　　Doctor Monster 的身軀相當巨大，連我們之中最健碩的 Octivia，也比他矮小一截，再加上戴了頭盔，令他看起來幾乎與天花板齊高。

　　沉重的盔甲加上他本身的重量，使他快步時發出極大的「咚咚」聲，我甚至感到地板震盪的錯覺。本來還有一絲希望，以為他穿上了看似笨重的盔甲，身手一定不靈活，可是很快證明我錯了。

　　在短短的走廊上，我們很快近身交鋒，Doctor Monster 先出手，一刀由下而上劃向 Octivia，動作乾淨利落，逼得 Octivia 側身避開。

　　緊接在她身後的人是我，我把握機會以刀筆直地刺向他的腹部。想不到第一下出手，就刺中他了！

　　「哐」的一聲，刀尖並沒有如願插入，而是被金屬鏈甲擋住

了！糟了，他全身上下穿有護甲和鏈甲保護，縱然刺中也無法傷害他。趁我愣住的空檔，他一腳踢向我，我立時被堅硬的金屬鞋底踢飛，跌落在一直站於後方觀戰的彩香身旁。

她真是沒義氣，我不禁斥喝：「喂你幫幫手啦！」

可恨的是，先前為了擺脫瘋子新郎而使用了唯一的手銬，不然這時必定大派用場。

見狀，里奈繞到 Doctor Monster 的身後，跳高猛扯他的頭盔，向我們高呼：「除咗佢啲盔甲先！」

對！數他身上最易脫掉的，應該是頭盔或面具，而且人體的致命要害也包括頭部。

小個子里奈顯然不是他的對手，他一手扳到背後，大力一扯一甩，里奈整個人恍如洋娃娃般被擲向牆上，發出「嘭」的一聲，以頭部先著地的方式摔落地上。她的臉立時一青一白，露出痛到快要昏厥的樣子。

Octivia 與我再次展開攻擊，我學里奈閃到 Doctor Monster 身後，雙手握著他頭盔上的彎月猛力向後拉，加上自己全身體重的輔助，逼使他呈仰頭的姿態，我大叫：「割佢喉！」

這是里奈給我的靈感，雖然他全身有盔甲的保護，但關節位，

例如面具與鏈甲衣之間，總會露出鏈甲包不住的破綻位。

推撞間，拖在他後方的幾個人頭撞上我的小腿，瞥見吐舌的死人頭，我強忍著在胃中翻騰想嘔吐的念頭。

Doctor Monster 的武士刀不方便攻擊身後的我，選擇先向眼前的 Octivia 揮刀。Octivia 見機會難得，拼死上前對準他的喉嚨插過去。她一手以刀擋住他的武士刀，另一手飛快伸直，刀尖快要觸及他的喉嚨！

霎時傳來「喔」的一聲，糟糕，Octivia 持刀作護盾的手，力道始終不如 Doctor Monster，手上的刀被武士刀擊落地上。武士刀乘勢直砍落 Octivia 的上半身，刀刃割開她左臉頰，直落至胸膛，到腰間才止住了！

「呀呀呀呀呀呀呀！！！」Octivia 不得不終止攻擊，痛得半屈膝跪在地上。

血液瞬間湧出，Octivia 頓成血人，有部分刀傷甚至深得見骨，若果剛才 Octivia 走前半步，整個身體早已被砍成兩半！

看見連強大戰鬥力的 Octivia 都倒下來，我瞬間被嚇到腿軟。不行！不行！連女生都挺身而戰，我不可以在這時逃走！我單手掏出小刀，打算從 Doctor Monster 的身後伸手割破他的喉嚨。殊不知少了一隻手扯著他的頭盔，力大無窮的他即時低頭，我只

擊中他的面具。

同時，里奈起身將彩香推過來，一同加入戰團。

Doctor Monster 沒手對付我，只好將背部猛撼向牆，我立刻眼冒金星。他一手掐緊彩香的脖子，將她整個人抬起來，彩香的臉色登時漲紅到發紫；另一手向里奈揮刀，第一刀她勉強閃開，可是躲不過第二刀，刀尖插入她的背部，再抽出，立即產生一個血洞，倒在地上。

「里奈！」我鬆手落在地上，心痛地大叫。

糟了糟了糟了，Doctor Monster 比瘋子新郎大力好幾倍，下手更狠心。說到底，新郎在打鬥期間，起碼會留著「新娘」的命，有所顧忌，可是 Doctor Monster 是要殘殺所有活命的人。光是論未戰之前的氣勢，我們四人加起來都輸給他，再這樣下去，我們一定被斬頭了！

正所謂低處未算低，他甩掉彩香和里奈，忽然轉身瞪向我！我的雙眼，對上他那藏在面目猙獰的日本傳統面具底下的雙眼，寒意旋即襲來，他的眼神彷彿有種催眠作用似的，害我未能即時反抗。

他一手鉗制著我的脖子，我一個回神，伸手亂刀攻擊他，可是有盔甲保護的他，絲毫沒有受傷。他舉起武士刀，直砍下來，

我感到肩膀濕濕的。

「哇呀呀呀！」彩香恐懼地看著我，瘋狂大叫起來，往後退一退。

我想，大概因為 Doctor Monster 已經把我的頭割下來了吧？我摸了摸臉頰，咦不對，我的頭還在。我瞧瞧我左邊肩膀，咦不對，確實是血淋淋的。

很快，我便在地上，發現一隻可憐的耳朵！他媽的！Doctor Monster 把我整隻左耳割了出來！幹！！！

離奇的是，我一時間竟然連丁點痛楚都沒有，腦袋空洞，無法運作，血液自左邊淌下來。Doctor Monster 無情的雙眼打量了我一下，再次抬起武士刀，眼光落在我的右肩膀上。

這次，他要剁掉我的右手！

我總算知道之前那四個人是如何身亡的。起初我以為他們是被擊中要害後死掉，才被分屍和斬首。事實是反過來，Doctor Monster 先將他們的手腳活生生地剁掉，等到奄奄一息才斬首弄死，簡直是殘殺的極致。

我會在剎那間明白，當然是因為正親身經歷被殘殺。生命如此不堪一擊，一把武士刀，令無數人屈服於死神之手，那種無力

感驟然襲向我。這說明，在 Octivia、里奈和彩香相繼倒下後，Doctor Monster 挑了我，成為首先被斬首的人。

今次糟糕了，再不反抗，我的人頭將會出現在他身後的大鐵鏈上。我改用棍子，毆打 Doctor Monster，邊大叫：「彩香，救我呀！」

然而，聽見我求救的彩香，居然二話不說，拋下我們幾個轉身跑走！不僅毫無歉意，她臉上寫滿的盡是嫌棄。賤人！

幸好還有 Octivia！她恢復意識，無視上半身正淌血，撲過去猛力拉扯 Doctor Monster 的頭盔，我趁機毆打他鉗制著我的手，終於擺脫魔掌，與 Octivia 合力主攻其頭部。

若果用生物作例子的話，Doctor Monster 好比大象，相比之下，我們頂多是螻蟻而已。可是有一句諺語說得很妙：蟻多咬死象。經過多次攻擊，他的頭盔或其綁帶終於受不了，頭盔掉落地上。這可是踏出成功的第一步！

他的髮型不是我想像中的古代髮髻，而是普通短髮。我們這個舉動，似乎把他弄急了，他悶哼一聲，敏捷地將武士刀直插向我。

幹幹幹幹幹幹幹幹——我內心瘋狂罵出髒話，同時，閃到一旁想躲開他的突襲。只可惜我的動作還是不夠快，他的刀直接穿過我的右胸膛，牢牢地插到牆壁上。

靠！他把我釘在牆上！

我馬上反應過來，出盡畢生力氣去拔刀，還是照舊被鎖在牆上，不同的是流出來的血液更多罷了。這下糟糕了。

至於 Octivia，下場跟我一樣糟。Doctor Monster 戴著金屬手套的手擋下 Octivia 的刀，另一手徒手攻向她的上半身，該死地挑她的刀傷直擊。

「呀、呀！！！」她痛得再次彎腰退後。

我快速評估目前形勢：彩香放棄、逃走了；里奈受傷昏迷；Octivia 二度受重創無力反擊；我則被刺到牆上……這……這可是全軍覆沒的調子啊……

與此同時，我左邊的斷耳總算傳來驚人的疼痛了！很痛啊！！！

「嗚呀！！！」我登時全身麻痺，所有感覺落在左耳，「放過我吧呀！！！」

在飽受劇痛煎熬的瞬間，我明白現在只剩下我可以反抗，便強忍著痛，握著該死的武士刀刀柄左右搖晃，我要把它拔出來！

Doctor Monster 從他的腰間抽出另一把較短的武士刀，走到我面前，再次舉刀，看來要進行剛剛被打斷的斷臂行動。天啊，

為甚麼他身上有這麼多刀？

正在我死命也拔不出刀時；正在 Doctor Monster 的刀刃快要落在我的右肩上時……全軍覆沒的調子忽然變奏了！

不曉得從哪裡冒出來的女子，靈敏地躍到 Doctor Monster 背後，在他反應之前，飛快地揮動雙手，動作快得我幾乎看不見，而我只見到結果。

Doctor Monster 龐大的身軀左右搖晃，摸摸出血的頭部後方，發出低沉的吼叫，猶如一頭猛獸受襲時的憤怒。換句話説，這女子剛剛弄傷了他。

「終於搵到你。」雙手持短劍的她面不改容，冷冷道。

奈良
夢幻樂園

你聽説過嗎?

Nara Dreamland

奈良
夢幻樂園

Attraction 8

☸ 機動遊戲區

神秘盟友

　　這名神秘的陌生女子，第一擊便成功刺傷他，究竟是何方神聖？要知道 Doctor Monster 擁有儼如猛獸的敏銳度和靈敏的反射動作，那麼，她一定比參過軍的 Octivia 戰鬥力更強。

　　固然，僅被刺傷的 Doctor Monster 不會就此倒下，他棄下我不顧，轉身一刀砍向神秘女子。

　　神秘女子有一張秀麗而冷酷的亞洲人臉蛋，束了一條亮麗烏黑的長馬尾，身型纖瘦修長，些微小麥膚色，有著與里奈不同的美感，尤其是她銳利的雙眼，流露出英氣和硬朗的氣息。再看她與 Doctor Monster 交手的功架，顯然有學過功夫或接受軍事訓練之類的。

　　她的反應相當敏捷，輕盈得像貓隻似的跳到 Doctor Monster 身旁，以雙手各握短劍的帥氣招式對付他。

　　不過他們交手幾回，我便觀察得出她並不是 Doctor Monster 的對手。她的動作有點蹊蹺，好幾次有意無意輕輕踢了里奈幾下。見里奈漸漸清醒過來，便趁著空檔大力抽出插在我身上的武士刀，動作簡潔直接，不經分秒思考。

　　說真的，我已經痛到有點麻痺了，這刻反而不覺得特別痛。只是因全身刀傷而失血過多，害我開始神志不清，一失去支撐著

身體的刀，便立刻無力地癱軟地上。

好端端為甚麼要拔走那刀啊？我無奈地注視自己流血不止的胸膛，雙手無力地覆蓋在上面。看來，死亡是隨時的事了。

這時神秘女子和 Doctor Monster 進行新一輪對打，期間，她將里奈推向 Octivia，然後撲到我面前，一把將我拉起來，問了一句話見我沒反應，略皺眉大聲重複：「行唔行到？」聲線低沉磁性。

聽見她説的是廣東話，我居然有點口齒不清地問她：「你係香港人……？」我想我這精神恍惚，是快要昏倒的徵兆。

此刻我痛失左耳，聽力登時大減，站起來身體有種失去平衡和眩暈的嘔心感覺。

一臉冷漠的她沒搭話，一巴掌打落我的臉頰，害我清醒了不少。她見里奈扶起 Octivia，便對我們大喊：「走呀！呢度直跑到尾，千祈唔好停落嚟！」

説罷，她旋即躍回去，擋在 Doctor Monster 面前，雙手舉起兩把短劍，繼續與他打鬥。

看來這一切都經過她的精心計算，打從一開始她便沒有想過要擊敗 Doctor Monster，只是一邊拖延著他，一邊讓我們三人清醒過來，好讓我們有時間逃跑。

她到底是誰？身手不凡、頭腦清晰，也不會過分自信想殺死 Doctor Monster……而且，肯出手救我們這幾個素未謀面的人？她那句「終於搵到你」，又是對誰說的？

里奈和 Octivia 二人互相扶持，經過我面前。里奈一額冷汗說：「Cole，你隻耳……嚟啦，我扶你。」她的情況也不比我好得多。

四周景物天旋地轉起來，唯獨眼前人仍屹立不搖，堅定地盯看著我。我把手搭到里奈另一端的肩膀上，自嘲道：「我依家係殘疾人士，睇怕更加難搵到女朋友喇。」

「我都唔好得去邊啦。」她揚揚斷指的手，眼神變得柔和。

面如死灰的 Octivia 催促道：「行啦，綺淇好快會跟過嚟。」原來神秘女子的名字是綺淇。

慢著，我啞然問：「你識佢嘅？」

Octivia 點點頭，按著上半身的傷口，「行啦，依家唔方便講嘢。」

我們三人盡可能以最快的速度到達走廊盡頭，沒多餘的力氣掏出樓層平面圖研究我們身在何方，綺淇便趕上來了。

里奈喘著氣問她：「你係咩人……點解會救我哋……？」

她打量我們三人一眼，對 Octivia 説：「我帶你哋包紮一下先，
之後再一齊出去。」

Octivia 意會地點點頭。

甚麼？可以離開醫院了嗎？可是我們還未執行注意事項啊！

這時，走廊的不遠處再度傳來震耳的「咚咚」聲。我驚訝問
綺淇：「你仲未殺死佢？」

她爽快地承認，「我無能力殺死佢。」

該死！難道 Doctor Monster 是不死身嗎，為甚麼這麼纏人？

她在一面白牆上敲了幾下，然後用力地推開它，原來那是一
道暗門！見我和里奈一臉迷茫，她逕自解釋道：「頭先我係經呢度
入醫院嘅，放心跟我出去啦。」

終於！我們終於逃出醫院了啊！

「大鑊！」里奈倏地止步，「仲有彩香呀！」

Octivia 一臉厭煩地説：「咪鬼理佢啦！走咗先講！」

她對彩香的不滿有點古怪，里奈搖頭反對道：「雖然佢撇甩我

哋係唔抵幫，但始終係我哋隊友嚟喫嘛，唔救佢出去佢死梗喫！」

「依家無時間慢慢解釋，」Octivia 急得強把里奈和我推出門，「總之你哋信我啦，出咗去就明喫喇。」

外面涼爽的空氣頓時讓我精神抖擻起來，自由的感覺真是太美妙了！連空氣都好像瀰漫一股甘甜的香氣！

經過外牆樓梯，我們直達地面，這時夜幕低垂，樂園的燈光全部亮起來。原來已經是晚上了，我們被困在不見天日的荒廢醫院裡，起碼有好幾個小時了。

「我哋匿埋一陣先，你哋需要包紮一下。」綺淇的聲調淡漠，卻透出一種不可被違抗的威嚴。

里奈反手摸摸背後，臉上不見一絲血色，「我哋無做完個注意事項，佢哋一定會派人嚟捉走我哋喫！你帶我哋離開呢個樂園先慢慢包紮啦，你一定有辦法喫，係咪？」

我四下張望，暫時不見任何人影。奇怪……

「依家呢度一片混亂，無人得閒理你哋，」綺淇冰冷的表情，令人感受不到任何情緒，「反而你哋係咁流血，等陣跑多幾步包保你哋失血過多暈低。包紮好，保住條命，你哋一定出到去。」

她說得對，在對話期間血如泉湧的我們幾個已經弄得一地皆是，再這樣下去，不要說跑，連走路都支撐不到了。

咦？等一下，她說樂園一片混亂？

剛剛因為急著要逃跑沒注意到，樂園周遭果然傳來吵雜聲和撞擊聲，不過這位置看不見任何異樣，我還是不明所然。

Octivia 朝我們拋出一個安心的目光，「行啦，綺淇係自己人，信得過。」

當然可以放心信任她，說到底她剛剛從 Doctor Monster 手裡把我們救出來。

離開鬼屋區，我們進入不遠處、另一區內的一間荒廢小店後，綺淇東翻西找，搬出一個急救箱，處理里奈背上的刀傷，而我和 Octivia 則自行包紮。

我撿起店內破碎的鏡子，鏡中人一臉古怪。除了鮮血披頭，憔悴得雙頰凹陷，丟了耳朵的左側頭上還怪異地禿了。此刻的我若果去演喪屍電影，肯定不需任何化妝便可以直接上場了。

總算是可以問話的適當時機，我滿肚子盡是問號。綺淇到底是誰？跟 Octivia 如何認識？怎樣進入醫院，又為甚麼要救我們？Octivia 說不用救彩香的原因是甚麼？

我們沒成功執行注意事項，園方理應即時派人捉走我們，解決綺淇。她說樂園現在亂成一團，又是甚麼回事？

腦袋轉得太快，一時間我居然衝口而出問道：「你哋頭先有無幫我執返隻耳仔呀？」

問完我登時後悔，可是總算打破無人敢先開口的尷尬靜默，里奈凝重的臉色稍稍和緩，苦笑了一下。本來她的笑容屬於甜美的那一類，現在配上滿身刀傷、滿臉血跡，嘴角上揚時卻散發淡淡淒美。

我忍不住對她輕聲說：「你無事就好喇。」

解開謎團

趁著處理傷勢的同時，綺淇續一解開謎團。

「樂園要你哋殺死 Doctor Monster，呢個注意事項好聰明，」她彎下腰，手法純熟地處理里奈背上的傷口，先是替她消毒，「Doctor Monster 嘅來歷我哋唔清楚，淨係查到佢越嚟越失控，亂咁殺人，連樂園啲員工都殺，搞到園方逼於無奈要殺咗佢，但又唔想犧牲自己人，所以就叫你哋搞掂佢，一舉兩得。」我留意到綺淇使用了「我們」，而不是「我」。

她道出這一次注意事項的背後原因，最終無論是我們抑或

Doctor Monster 死亡，對園方來說都沒有任何損失，反倒賺了一場表演直播或賭盤的收入。

解釋完注意事項後，綺淇準備由頭說起，她先問 Octivia：「佢哋知幾多？」

Octivia 坐在一角背向我們，揭開衣服檢查胸前的傷勢，「好表面嗰層咋。」

二人簡單兩句便能交代訊息，看來是認識很久，很了解對方才能建立出的默契。

綺淇點點頭，略過我們所知的，即 Octivia 口中「很表面」的資訊。包括園方是一班經營暗網的生意人，而貴賓分開兩批，一批是親身入園，目擊甚至加入虐殺的有財有勢之人；另一批則在網上付款，透過網絡觀賞直播，或因應殺人方式進行投票、參與誰死誰生之類的不同賭局等。

綺淇把乾淨的毛巾遞給里奈，讓她自行擦拭血跡，看來冰冷的臉蛋下，她是個細心、會照顧別人的女生。綺淇說：「喺呢個樂園搞事嘅人好早已經存在，而且佢哋嘅總部係喺美國。呢班人，遠比你哋想像中複雜——」

Octivia 打斷綺淇，對我們補充道：「之前我哋咪提過聖地牙哥鬼屋嘅，嗰班幕後黑手同樂園呢班人係同一班人。」

趴在長桌上的里奈，抬頭看向 Octivia，水靈靈的大眼眨了眨，「咩呀，又話嗰度俾人搞破咗嘅？」

「好可惜，佢哋係拉唔晒。」綺淇苦笑，「佢哋見美國查得咁緊，改為快閃模式咁不停轉移陣地，每次去唔同國家，好似今次咁，就嚟咗日本，我哋同班國際刑警都差啲追蹤唔到。而且可以嘅話，直接殺死佢哋先係最有效嘅報仇方法，而唔係就咁叫警察拉走佢哋。」

咦？綺淇並不是警方，那麼，她的身份到底是甚麼啊？為甚麼她愈解釋，我的問號會愈多啊？

我轉彎抹角地問：「報仇？報咩仇呀？」

我忍著痛把消毒藥水抹在傷口上，很後悔剛剛沒有尋回被切掉的耳朵，這樣或許有一線機會駁回到身上。

Octivia 也為自己的刀傷消毒，「綺淇係唯一一個，成功逃脫聖地牙哥鬼屋嘅生還者，當時佢細佬都喺入面。」

原來如此！這個答案，說明了綺淇之所以突然出現在這裡的原因：她的親人被鬼屋那伙人殺死，而幕後黑手來到日本這裡繼續作惡，所以她跟過來報仇。

里奈把話題拉回來，「你話嗰班人比我哋想像中複雜，又係

咩意思呢？」

「佢哋唔淨止係生意人，」綺淇搖搖頭，「應該話，呢盤生意
只係副業先啱，佢哋真正嘅身份，係一班政府高官、有影響力嘅
有錢人，而無論係嗰間鬼屋，抑或呢個樂園，都係一種制度，我
哋嘅敵人唔止係一班有錢或有權力嘅變態，而係一個綜合體。」

我不禁吐槽，「講緊乜呀……」

綺淇開始替里奈的傷口縫針，見到里奈咬緊牙關也不肯喊痛
的堅強，我的心突然揪了一下。

綺淇換了說法，「總之，呢度除咗俾人享受殺人樂趣同賺錢，
亦係用嚟完成某啲政治目的嘅地方。你以為你可以暢所欲言，做
乜都得咩？錯喇，點解世界各地每日有咁多失蹤案吖？你知唔知
有幾多人，喺準備揭發政府黑幕之前，就被殺人滅口、人間蒸發，
最後落得所謂『被失蹤』嘅下場？甚至有啲只係講錯嘢得罪人咋，
就無啦啦俾人屈佢有精神病，拉入精神病院唔俾佢出返嚟。」

「呢度，」她頓一頓，「就係其中一個，俾『綜合體』偷偷地
用嚟處理呢班人嘅地方。就算依家畀個電話你報警，最後都無人
會嚟救你，因為佢哋同警局、媒體全部夾好晒，唔係，應該話，
佢哋本身就係警察同報館嘅人。」

本來我已經隱約估算到，管理樂園那伙人，應該是一個很龐

大的黑暗集團，可是沒預料過，他們的勢力竟是大到如此。不少陰謀論描繪政府有多黑暗，原來都是真的……一直以來，他們暗中監視，甚至悄悄進行裁決，殺掉威脅到政權的倒霉鬼，或將他們丟進樂園，使他們從此永久消失，即綺淇口中的「被失蹤」。

縱然不一定每個倒霉鬼都因政治目的被困在這裡，像我，純粹被他們用以虐殺和賺錢，不過綺淇的話說得很清楚，樂園是「有入無出」的，現在的我們求助無援，外面的警察記者是不會幫助我們的。

她續說：「呢啲咁變態嘅事已經 Run 咗好多年喇，佢哋嘅成員已經滲入政府、企業嘅各部門，一早變成咗一個綜合體。根本無可能話單單殺死一班人就瓦解到，因為殺咗佢哋就會有其他人補上。如果你以為依家出去殺晒樂園班變態佬，就可以出返去過正常生活，咁你真係太天真喇。」

她的臉浮起一絲無奈的笑意，說：「當時我喺鬼屋走甩嗰刻，鬼屋仲未俾人搞破，我無去報警，亦唔敢搭飛機返香港，萬一俾佢哋知道我喺邊，一定即刻搵人嚟殺我滅口。而佢哋事後只要造篇假新聞，話我行山失咗蹤，搵返我條屍之類，就可以掩飾佢哋所有罪行。」

Octivia 轉身，對綺淇苦笑著搖搖頭，「事實上，佢哋真係 Hack 咗入你個 Facebook Account 度，扮到你真係行山失蹤咁，只係一日未殺死你，先唔可以話你意外身亡啫。」

　　我稍微整理一下綺淇的經歷，根據她們的對話，綺淇逃出了
鬼屋後，鬼屋那伙人製造假象令她「被失蹤」。她為了報仇，所以
也甘心躲藏起來，過著不得與外界接觸的生活。一段日子後，終
於與國際刑警聯手成功搗破鬼屋。接著，她繼續追殺鬼屋那群人，
來到樂園來。

　　可是，既然不可接觸外界，又怎樣與國際刑警聯手呢？等一
下要再問清楚綺淇。

　　里奈有點膽怯地問綺淇：「既然係咁，你所講嘅報仇，到底
想點做？」

　　對了，如果背後是一種制度，即使逮捕十個八個，不，即使
如聖地牙哥那群人，全部被逮捕，還不都是換上另一批新人，繼
續變態的運作。憑綺淇一己之力，根本無法瓦解整個制度，又談
何報仇呢？

　　綺淇的語氣依然平淡，眼裡慍色的火花一閃而過，「捉得晒
班人固然係最好啦，可惜我唔係英雄，只可以盡我所能殺晒佢吔。
搗破聖地牙哥鬼屋嗰陣，我喺現場已經殺死咗唔少人，但好可惜
都係有部分人走甩咗。」

　　她能把殺人說得像家常便飯般輕鬆，看來自從在鬼屋逃出後，
她一直過著非人的生活，這也解釋了她如何練得一身好身手。

見里奈的傷口處理得七七八八，Octivia 瞥一眼旁邊幾支水和能量棒說：「大家流失太多水份，補充一下就好走喇。」

大概搞清楚綺淇的身份，里奈終於把疑問提出：「Octivia，咁你呢？你究竟係咩人？」

我很肯定 Octivia 不像我和里奈一樣，單純是入園拍照。似乎跟綺淇一樣，她很清楚樂園和聖地牙哥鬼屋的運作。不過比起她的身份，更急切的是要解決自身問題，我打斷她們問綺淇：「你嗰陣係點走出間鬼屋㗎？」

過來人綺淇的答案，應該有助我們離開樂園，並教我們離開後該何去何從。

The Lycaenidae Club

綺淇沒有理會我的提問，默默地走近已躺下來的 Octivia，開始替她縫針，「你講先啦。」大概怕 Octivia 會痛，好讓她說話以分散注意力。

Octivia 早料到里奈會問她，沒露出絲毫錯愕，簡短地吐了句：「我係『灰蝶俱樂部』嘅成員。」

冷不防她會忽然轉話題，我和里奈異口同聲地問：「吓？」

　　Octivia 笑了笑，解説道：「灰蝶嘅幼蟲好脆弱，佢需要其他昆蟲保護先可以順利長大。雖然灰蝶其中一個敵人係螞蟻，但係灰蝶幼蟲識得分泌一種蜜汁嚟餵螞蟻，令螞蟻唔會食佢之餘，仲會帶佢返螞蟻自己嘅巢穴，全天候咁保護佢，直至佢順利長大，破蛹而出，羽化成為有能力保護自己嘅成年灰蝶。」

　　由於 Octivia 正赤裸上半身，我別過臉盡量不看她。我替自己繞了無數層繃帶在額頭和左頰上，勉強算是包紮完畢後，胸前的繃帶又冒出一個血印。Octivia 這番關於灰蝶成長的描述就如繃帶一樣厚，重重困住我的思考，完全讓人摸不著頭緒。

　　我唸道：「無啦啦講咩蝴蝶呀⋯⋯」

　　Octivia 沒回答，逕自問我道：「記唔記得入嚟樂園之前，你問過我係咪自己一個人嚟？」

　　我點點頭答道：「你嗰陣話你係一個人嚟㗎嘛。」

　　「無錯，但淨係嗰刻先係得一個人。」天曉得她為甚麼把話題扯去入園前的閒聊，她又再跳到另一個問題，「呢度除咗有我哋呢組人，仲有其他人執行緊注意事項，呢點你哋都知㗎啦？」

　　「雖然未話好肯定，但係⋯⋯」我的話説到一半，被 Octivia 打斷。

她的口裡冒出一句話，「同你哋分開嗰陣，我同彩香遇到一隊俾 Doctor Monster 分屍嘅四人組。」

里奈完成包紮後，臉頰總算回復些許血色。她坐起來整理一下衣服，皺著眉，語氣有點不耐煩地問 Octivia：「你究竟想講乜呀？」

與此同時，我正陷入沈思。Octivia 說話從來都有條有理，所以剛才她所說的話必定有其理由。她說她是灰蝶俱樂部的人，在自然界裡，灰蝶的敵人是螞蟻，而灰蝶會進入螞蟻的巢穴待機行事……而且她暗示自己不止一人前來，又再提醒我們，樂園內有其他表演者……

莫非……我想我明白了！「灰蝶」是指她自己和園內其他表演者，亦即她的同伴，而「螞蟻」是她們的敵人，等於園方，所以「螞蟻的巢穴」便是指這個夢幻樂園！

「灰蝶俱樂部即係一班扮成遊客、混入嚟樂園嘅人？」我急急問：「但無理由喎，邊有人想嚟送死喎，唔通你遇到嗰四個人有被分屍嘅癖好咩？」

Octivia 話間透出淡淡苦澀，「園方佢哋咁多年嚟害過唔少人，雖然有警察同記者暗中操控，可以呃到大部分人，但受害人嘅親屬唔多唔少都意識到唔妥，佢哋成立咗一個地下組織，追查呢啲離奇死亡同失蹤案。然後，佢哋慢慢建立咗一個共同目標，」她頓了頓，望向上方的綺淇，「**剿滅園方，終止惡行。**」

意思是，他們不惜冒死深入虎穴，想剷平樂園？

「就算係咁，」我疑惑地問：「都唔一定要做遊客咁重口味㗎嘛。樂園咁大，偷偷地爬入嚟，搵個地方匿埋先都得㗎？」

「我哋灰蝶扮成遊客，比起就咁闖入嚟反而更安全。」Octivia 解釋說：「因為園方同我哋係敵對關係，如果俾園方發現我哋入咗嚟，為免我哋搞事，一定會即刻殺死我哋。但如果園方唔知我哋係灰蝶，純粹以為我哋係遊客，咁就會留我哋喺度做表演者。」

她抬起眼，「咁樣我哋就可以光明正大，又有足夠時間逐批逐批人滲入嚟。當然啦，有部分人做唔到注意事項而死，係少不免嘅犧牲，但亦有唔少留得住條命嘅，可以暗中摸熟樂園嘅運作同地形。」

儘管綺淇的表情依舊冷淡，不過隱約聽得出她話裡間的興奮語氣，「係自然法則，有黑暗自然就有光明，兩者並存。」她說：「『灰蝶』係隱藏喺網絡世界最深處嘅一個網站，表面上係集結咗一班志同道合嘅灰蝶愛好者，實際上係我哋用嚟暗中聯絡嘅平台。我俾鬼屋班人捉去玩啲變態嗰陣，其實灰蝶早已經喺周圍準備攻陷入去，只可惜當時有突發事要令行動擱置。」

「如果無佢哋喺外面，趁我跑出去嗰刻救走我，我一定畀鬼屋嘅人捉返入去。」她雙眼綻放著異彩地說：「由我喺鬼屋走甩、加入灰蝶嗰刻起，已經注定咗鬼屋嘅下場。」這說明綺淇和

Octivia 同是灰蝶的成員。

「呢啲叫報應。」她平淡地說：「當初佢哋做過啲乜，最後都會報返喺佢哋自己身上。」

我和里奈立即對望一眼，剛才綺淇也有提到，她選擇殺人來作為報仇和制裁的手法。可是，這正確嗎？

讀出我們的疑惑，Octivia 坐直身子好讓綺淇幫她用繃帶包紮，「你哋細心諗下，就咁捉班人去坐監，真係可以償還佢哋嘅罪過咩？更壞嘅情況係，有人黑箱作業，遲早咪又係放返晒佢哋出嚟。」

嗯⋯⋯甚麼道德觀、罪與罰，老實說我一直沒多深究過。反而從小到大，常聽說「以德報怨」這教誨。

綺淇附和 Octivia 道：「用返香港嚟做例子啦，撇開班垃圾高官唔講，淨係睇啲虐待動物嘅案件，你有幾可見到警察係認真處理吖？」

她的意思是，既然法律無效制裁殺害弟弟的兇手，那麼便由她動手吧。

被她的強勢震懾，我只好說：「都係嘅，就算好多人出聲，政府班人都懶得理⋯⋯」她們的想法好像過於偏激，但好像又有些道理，不過在我看來，虐待動物不能跟虐待人比較吧？

里奈聽見我如此説，神情略帶厲色，「同樣都係生命，罪行一樣重㗎。」

綺淇盯著我，問道：「好簡單，如果有個男人喺你面前姦殺咗你女朋友，再搞埋你。事後你會點做？報警等佢坐監，定殺死佢？」

我想都沒想，答道：「梗係殺死佢啦。」眼角不禁瞥了瞥坐在我旁邊的里奈。

「唔……但係，」里奈猶豫説：「以暴易暴只會造成惡性循環㗎喎，如果個個都咁做，個社會咪亂晒囉。」

綺淇冷冷地指出：「呢個只係方便統治者嘅講法。」似乎在暗示，里奈那番話只是政府為了整個國家安寧和睦，而要犧牲受害人的説法。

「**以暴易暴嘅重點唔在於『報仇』，而係『阻止』，**」Octivia正色問：「你明唔明？」

我默默消化一會兒，若沒有灰蝶的出現，鬼屋此刻仍運作中，受害者只會愈來愈多，灰蝶的做法確實能阻止他們的惡行。然而，那伙人轉戰來到日本，惡行還不都是繼續發生嗎？

「就好似床蝨咁，捉極都仲有，但一定會愈嚟愈少。黑暗，總會有衰弱嘅一日。」綺淇舉一個比喻，反問道：「就算唔可以滅

絕佢哋，咁又點吖？」

　　無論結果如何也不重要，重要的是過程，堅持去做正義的事就足夠了——她大概是這個意思吧。

　　里奈帶有責備的語氣問綺淇：「但你哋嘅做法，同佢哋有咩分別呀？」

　　她的指摘再明顯不過，園方、鬼屋他們一直虐殺受害者，而綺淇濫用私刑去制裁園方，變相跟他們同樣在作惡。

　　綺淇聞言苦笑一下，幽幽說：「我無話過咁樣係啱定唔啱，而且本身就唔應該用『對與錯』呢個角度嚟睇。有時為咗消滅黑暗，無可避免要做善惡模糊嘅事。」

　　儘管說得淡漠，她的目光流露出無比堅定。里奈聽罷沒搭話，逕自在思考。

　　Octivia穿回上衣，微笑著打圓場，「你都睇唔少英雄電影啦，其實個個超級英雄都同殺人犯無咩分別㗎。」

　　這裡始終不是辯論大會，里奈不想與她們再爭論，便沉默起來，大口大口地把能量棒和水吞下，對比今早在咖啡廳矜持地慢慢喝咖啡的她，簡直是判若兩人。相信此時的她才是真實的自己，如此來得更率性可愛。

我轉換話題,試探地問綺淇:「你頭先話喺鬼屋走甩之後就『人間蒸發』,呢啲都係灰蝶教你嘅?」

綺淇狠狠道:「睇住阿忠咁樣俾鬼屋殘殺,就算畀我出返去,都已經唔可以再過正常日子喇。」她口中的阿忠應該就是她的弟弟吧。

我想起先前的疑惑,這時剛好可以提問綺淇:「灰蝶既然要你哋與世隔絕,咁你哋又點樣識到國際刑警,聯手搗破鬼屋呢?」

綺淇深呼吸一下重整情緒,再度回復冷淡的神情,「灰蝶入面有部分人,例如鬼屋生還者先要『人間蒸發』啫,其餘好多人都過住正常嘅生活,可以同外界聯繫。」

我留意到Octivia注視綺淇的眼神充滿憐憫,我問:「Octivia,你話你係灰蝶嘅成員,所以你就係當時救走綺淇嗰個人?」

她搖搖頭道:「嗰陣我只係一個喺英國做記者嘅普通人,我同事James係同綺淇喺鬼屋同一隊嘅玩家。我喺鬼屋附近等James,見佢好耐都未出嚟,驚佢出事,想入去救佢,但俾鬼屋班人攔住。我唯有喺鬼屋外面徘徊,就遇上灰蝶。」

雖然她說得不痛不癢,但她為了James而加入灰蝶這個地下組織,相信二人關係匪淺。

里奈暫時補充完體力後，總算記得要整理儀容，便拾起我丟下的鏡子碎片。看見自己的模樣，她的臉色頓時一沉，害我差點笑出來。

我問Octivia：「咁即係話，你同綺淇係同期加入灰蝶㗎啦？」

Octivia望向綺淇點點頭，「我之前同你哋講我喺美國參過軍係假㗎，其實係灰蝶Train出嚟。」

綺淇拍拍身上的灰塵，抬起下巴，「好喇，既然準備好，我帶你哋出去啦。」

有兩名高手護航，綺淇又說得輕描淡寫，令我和里奈一度以為逃離的路相當平坦易行。

熱鬧嘉年華

步出荒廢小店後，我才認真觀察所在的環境。重新駁回電力的樂園，有別於白天時特有的蕭瑟頹廢感，晚上的漆黑遮蓋了建築物的殘破，只看見五光十色的燈光，乍看有點像璀璨熱鬧的嘉年華。

我們正身處於樂園的機動遊戲區裡，矛盾的是，園方僅僅修好照明設施，卻故意忽略遊樂設施。

　　細心一看，不遠處正在轉動的摩天輪上，有幾卡車正搖搖欲墜；鐘擺式地前後擺動中的海盜船，其中一根支撐柱早已斷開；發出「隆隆」聲及爆發零碎火花的八爪魚，以奇怪的角度高速扭動⋯⋯再這樣放任不管，整個機動遊戲區似乎會步向崩塌的趨勢。

　　最離奇的是，走沒幾步，路旁倒了幾名受傷的人、遠方不時傳來爆破聲，還有，人們的驚恐尖叫聲。

　　樂園突然變成猶如末日災難電影的一片狼藉，在我們被困於醫院期間，究竟發生了甚麼事？

　　「灰蝶攻陷緊呢度，」綺淇領在前方，不慌不忙地道：「我哋負責帶你哋去門口，就喺前面少少，到咗嗰度有人會接應你哋。」

　　印象中，樂園的正門就在機動遊戲區旁邊。

　　「唔怪得喺醫院入面咁靜啦！」我恍然大悟，「原來樂園班人忙緊應付你哋。」不然毒舌的主持人天韻一定會好好替我們旁白一番。

　　「咁你哋去邊呀？」里奈語帶關懷地問 Octivia。

　　有相同的出發點和共同敵人，儘管里奈與 Octivia 對處理敵人的手段有不同的立場，也無損二人的友誼。

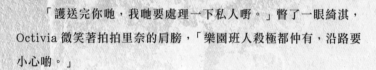

「護送完你哋，我哋要處理一下私人嘢。」瞥了一眼綺淇，Octivia 微笑著拍拍里奈的肩膀，「樂園班人殺極都仲有，沿路要小心啲。」

忽然有幾名小丑從小巷裡鑽出來，與我們擦身而過跑向正門，幾名戴黑色口罩的人緊隨追趕過去。看來綺淇所言甚是，此刻無論是園方抑或灰蝶，都沒空理會我們，同樣地，Octivia 她們沒介入任何糾紛，專注要先帶我們逃亡。

不過久不久還是會遇上落單的園方人員，想要阻攔我們，均被綺淇以雙劍擊退。

本應我和里奈心急如焚地要逃離這鬼地方，可是當經過一座傳出變調音樂的旋轉木馬時，我們不得不停步。旋轉木馬外圍了鐵欄，擋著我們進入。

「旋轉木馬，」熟悉的聲音瞬即幽幽響起，「係一個充滿童話式浪漫嘅地方。」是透過喇叭發聲的天韻。

我和里奈左右張望不見其人，估計她人在不遠處暗中監視我們。

一聽見天韻的聲音，綺淇的反應十分反常，立時跟著我和里奈駐足，冷漠的表情猶如平靜的海面，忽然來個海嘯，應聲扭曲起來，緊握劍柄的雙手泛白。不需多作解釋，她認識天韻。

讓我和里奈停步的原因，並非天韻的出現，而是面前這座正
處於靜止狀態、特製的旋轉木馬。

整個平台上有一般旋轉木馬的夢幻泛黃燈光，配以華麗的歐
式裝飾、木馬與座椅，可是正中央不是常見那種鑲鏡面的軸心，
而是一塊小空地，被射燈集中照射著，裡面有名一絲不掛的女生
被凌空吊起來——彩香。

「彩香！」里奈激動地搖晃鐵欄想衝進去救她，可惜牢固的
圍欄一動不動，Octivia 則一言不發地搖搖頭。

赤裸的彩香沒有使我面紅耳赤，而且一看這個場面，就知道
由於我們沒有殺死 Doctor Monster、無法完成醫院的注意事項，
所以園方抓了彩香當表演者。

我好奇問 Octivia：「又話你哋攻陷緊呢度嘅，點解佢哋仲有
心情搞彩香呀？」

附近一定有隱藏的攝影機，正準備直播待會不人道的懲罰。

Octivia 攤攤手，「可能應付完我哋第一輪攻擊之後，覺得我
哋唔係對手啦。」

我不了解園方和灰蝶的真正實力，經她這麼一說，我才意識
到雙方的形勢不是對等，園方似乎正佔上風。我開始擔心灰蝶想

攻陷不成，反被園方一舉消滅，所謂唇亡齒寒，我和里奈説不定也會跟著被殺。

打斷我思緒的是彩香慌張的呼叫聲，「Cole！里奈！Octivia！救我呀！」

她的雙手被舉高掛在頭頂的支架上，雙腳離地被綁在一起，鐵鏈延伸至地面固定，整個身體形成一個「I」字。用以扣起她手腳的鐵手銬，並非一般金屬鐵環那種，而是漆成黑色的金屬筒狀。

我圍著木馬平台外的鐵圍欄走，試圖尋找入口，「入面可能有陷阱，貿貿然衝過去救人可能會有危險，但都要試下先。」

里奈同意，跟在我身後一起繞著圍欄外急步走，「都要搵到個入口先得㗎！」

豈料 Octivia 制止我們，「唔好去，佢抵死㗎。」

我正開口時，她伸手阻止我發言，搶道：「佢唔係受害者，佢係園方嗰邊嘅人。」

「吓？」我霍地急停，失聲問：「點會呀？」

由於我停得太突然，里奈一頭栽在我背後，雙頰泛起紅暈，「停低之前講聲先啦。」見到她害羞的可愛模樣，即使我那貫穿

胸膛的傷口被她撞了一下也是值得的。

一個身影從馬車設計的座椅中閃出來，儘管仍是白天的性感花魁打扮，再次現身依然能讓人眼前一亮。

「又係我天韻喇。」她盈盈微笑，聲音騷得幾乎使我的骨頭一軟，「彩香無錯係我哋嘅人，而且佢帶埋自己兩個 Friend 純子同久美子入嚟，求我哋殺死噃。」

妖媚的身體擺了擺，她靠著一隻木馬繼續説話，腰肢看來相當柔軟，「唔好睇日本人咁有禮貌又斯文，其實全世界都一樣，虛偽嘅人周圍都有。應該話，表面越係講咩信望愛嘅人，內心就越係崩壞醜陋。彩香呢個賤人就係咁，Cole，女人嘅妒忌心係好得人驚㗎。」

忽然被點名的我陡然一抖，縱然天韻絕色妖冶，我還是無法對她產生任何幻想，反而心寒得想躲開她的注視。

視線一轉，我才發現不見綺淇的蹤影，「綺淇呢？」

里奈沒回答，瞪了瞪天韻，對我説：「依家諗返起，彩香又真係怪怪地，晏晝我哋咪喺商店街賽跑嘅，嗰陣我、Octivia 同彩香已經到咗終點，淨返你喺出面，我就拎電話出嚟威脅園方，彩香即刻好緊張咁要我畀部電話佢睇。」

　　對，那時要不是里奈拍下金髮人妻的照片，恐嚇園方要公開她的身份，我還真是無法順利跑到終點。要數里奈救我的次數，真的不止那麼一、兩次。

　　「咁樣講好似好馬後炮咁，」里奈吐吐粉嫩的舌尖，「彩香嗰陣可能想整爛部電話，等我無得威脅樂園。」比起陰邪的天韻，還是清純的里奈更讓人心動。

　　Octivia 皺著眉接道：「嗰次係我第一次察覺，彩香可能係樂園嘅人。」

　　她這麼說，讓我回想起當時的情況。彩香果真有湊近里奈說些甚麼，但被 Octivia 即時擋在中間，才沒再多說。原來自那時起，Octivia 已經開始默默提防彩香了。

　　Octivia 續說：「之後彩香好多次特登阻住我哋做注意事項，尤其喺醫院入面同你哋分開之後，佢係有心推我俾人打。」

　　這解釋了我們四人重逢後，Octivia 對彩香的態度差得反常的理由，她確信彩香是園方的人。

　　Octivia 神情凝重地解釋：「我今次入園嘅任務就係保護同隊嘅隊員，喺適當時候護送你哋出去。如果太早話你哋知，會打草驚蛇。」

任務？我想了想，也對。既然灰蝶安排 Octivia 她們入園，自然是有目的而且很有組織性的。想起那四人組，我好奇地問：「咁你遇到嗰四個俾 Doctor Monster 分屍嘅灰蝶成員，都係要保護隊員？」

Octivia 瞥了一眼天韻，不發一言地搖搖頭，大概暫時不方便透露吧。

天韻懶洋洋地聳聳肩，抓回重點，「雖然你哋幾個都完成唔到注意事項，但彩香連試都唔試下，仲要走佬，咁最應該做表演者嘅就係佢啦。」

「而且我哋準備收拾好就離開呢度，呢啲唔會帶走嘅人放喺度都無用。」她滿不在乎的目光停在某一處，相信正透過鏡頭問網絡上的觀眾：「咁不如用嚟表演埋最後一場，大家話好唔好？」

我早已習慣園方把人命當成物件般看待，意想不到的是，他們連曾經作出貢獻的自己人，只要沒有利用價值，便立即棄之不顧……應該說，還要踩躪至死才肯罷休。

里奈激動大罵：「放咗佢呀！你呢啲變態表演都無人睇㗎啦！」

天韻這次加入殘殺「自己人」的新元素，又表明來到尾聲，即使沒有現場觀眾，我猜網上觀看的人數可能不減反增。

「天韻！你點可以咁對我㗎？」彩香哭喊著扭動身體，「又話會幫我解決久美子佢哋，又話完咗事會放我走！」

「哐！」一聲巨響，使在場所有人噤聲，把目光投往發出聲音的來源。

綺淇收起雙劍，不知從哪處找到一個滅火筒，用力不斷撞向鐵欄，產生沉重的鈍聲。她見無法攀上去高高的圍欄，就打算直接破壞它衝進去！

「Oh，綺淇呀！」天韻的雙眼明亮起來，熟稔地喚：「好耐無見喇！」

綺淇停下手上的動作，眼底掠過一絲怒色道：「天韻。」

旋轉木馬

里奈趕緊過去幫忙抬起滅火筒，想要撞破圍欄，引用天韻的話，「無錯，彩香係個妒忌心超強嘅賤女人，但係罪不至死呀！」言下之意，天韻無權決定別人生死。

只可惜這一郁動，里奈全身的傷口同時傳來疼痛，使她不得不鬆手，滅火筒掉落地上。

天韻見狀，妖魅地以手袖掩嘴笑了笑，「綺淇咁急要衝入嚟，

唔係想救人嘅。」

綺淇抓緊鐵枝，雙眼彷彿爆發火焰要吞噬天韻似的，「睇你開心得幾耐！」

只可惜時間不夠讓我好好詢問綺淇，究竟她和天韻有甚麼過節。

「同大家介紹返，今日第四場嘅表演主角，係山本彩香小姐。」天韻拍拍手説：「麻煩同事，木馬郁得！」

頃刻，木馬平台開始緩緩旋轉。也對，樂園怎可能只安排一個天韻主持大局，必定在周圍偷偷分派不少人手支援。

面前的木馬平台看起來很平凡，除了發出刺耳的音樂，倒是安安分分地旋轉，幾隻木馬上下移動。

然而，彩香驚愕地叱喝：「咩事呀！唔好掂我呀！喂！」

定睛一看，整座木馬平台猶如年輪蛋糕一樣中空，並非與彩香身處的空地相連，形成平台圍著她轉的效果。天韻在平台起動時，便悠悠地騎到一隻最靠近彩香的木馬上，興致勃勃地緊盯彩香，雙手更是不安分地撫摸著她。

里奈羞澀地問：「佢、佢又想玩咩呀？」

天韻再次不懷好意地微笑説：「麻煩同事，彩香都郁得！」

總算，我看懂彩香的懲罰是甚麼了！隨著天韻拍一拍手，我的心臟也跟著跳快了一拍。

纏著彩香雙手雙腳的粗鐵鏈轉動起來，本應僅使她整個身體自轉而已，可是雙手和雙腳轉動的方向卻是他媽的相反！

「黐線㗎咩！快啲救佢出嚟啦！」里奈連忙對綺淇和 Octivia 説：「唔係個個幫樂園嘅人都要死㗎嘛，都要分下輕重先啦！」

她把目光投到我身上，我知道自己應該説些甚麼，可是我無法像里奈堅持正義凜然。我只好説：「綺淇你唔係要捉天韻咩，幫手一齊整爛個鐵欄啦。」

於是我們四人重物和利器並用，集中猛擊鐵欄。出發點不同，目標卻一致。

「求求你！停咗佢呀！我做乜都得㗎！」哭成淚人的彩香，聲音抖震著喊道。

天韻要彩香赤裸身體，無非讓大家好好看清楚她的慘狀，我能想像直播畫面現在必定是大特寫她恐懼絕望的表情。隨著反方向轉動，彩香猶如扭毛巾一樣被擰著，雙手被扭去左方，雙腳微微曲起往右方傾去。

　　起初身體還能承受到，漸漸地，她的肌肉愈來愈緊繃，腰間現出皺褶，雙手和雙腳幾乎扭成一團。

　　疼痛驟然加劇，彩香的表情由害怕變成痛苦，尖叫得呼天搶地：「呀！！！唔好再扭喇！好痛呀！」

　　淚水和冷汗令她濕漉漉，身體抵抗不了外力，看起來軟癱癱地任由機器扭曲，髮絲被捲入脖子裡。轉動的速度刻意調得緩慢，加長折磨的時間。

　　與此同時，木馬平台還是不間斷地圍著她轉動，坐在木馬上的天韻托起下巴，像要細味品嚐世界級名畫般注視著彩香。要不是樂園有被攻陷的危機，那班貴賓這時應該也坐在上面一同欣賞表演吧。

　　「彩香你頂住呀！」里奈急得哭出來了，「我哋入嚟救你！」

　　終究，脆弱的人體還是敵不過如此折磨，彩香來到支離破碎的臨界點，全身現出多處螺旋狀的皺褶，皮膚被拉扯至破裂，縫隙間擠出血水，沿鐵鏈流到地上。

　　空氣瀰漫一股血腥的氣味，明明眼前是一個活人，我卻聯想到三個字：血毛巾。

　　「呀呀呀呀！！！」一聲撕心肺裂的咆哮後，彩香頹然垂下

頭，應該是痛得失去意識了。

短暫的沉默後，她身上開始發出清脆的「咔咔」聲，正式宣告體內的骨頭已經承受不了，相繼斷裂，面前的彩香被扭成極不自然的姿勢，口吐血液。

她的手肘、肋骨、盆骨和膝蓋上的肌肉率先裂開，露出最裡面的白骨，隨著身體的持續扭曲，關節位的斷骨甚至逐一刺出皮膚，連帶血肉和類似韌帶的白色組織，一下子暴露在空氣中。血液陸續噴發，濺往天韻身上和周圍的木馬。

沒了骨頭的支撐，皮肉很快被擰斷，彩香的身體就這樣被分成好幾塊肢體，兩隻斷手掌仍被手銬綁著、吊在上方，前臂和小腿與軀幹分離。滲著血水和露出白骨的零碎肉塊散落一地。

自踏入樂園以來我已經目擊過多場殘殺，這時用力地摀著嘴，總算把想吐的衝動壓下來。

里奈無力地癱坐在地上，埋頭痛哭；綺淇和 Octivia 則繼續破壞鐵欄。

木馬平台停了下來不再旋轉，天韻沒擦拭身上的血液，視人體殘肢為無物，跳下木馬，面不改容地跪坐在血地上，雙手交疊放到膝前，鄭重地將上半身往前趴下，向我們作九十度鞠躬，彷如藝妓表演後謝幕退場一樣。

意識到天韻即將離去，綺淇的反應淡定，挑釁地嘲諷：「殺完人就急住要走，估唔到你咁驚我㗎喎。」她說得輕淡，聽起來卻不難察覺話語間，那勢要鬥得你死我活的恨勁。

她的話似乎起了些微作用，天韻抬起頭，面色一沉，不過還是忍住了，幽幽道：「我哋殺得死你細佬，自然都可以殺死你，我勸你趁依家仲走得就走啦。」

這麼說，天韻應該是殺死綺淇弟弟的兇手之一，怪不得綺淇怒視她的目光如此兇狠。

Octivia 說自己當時也有去過鬼屋找同事，但看來與天韻並沒有直接接觸過，所以天韻才認不出 Octivia 吧。

說罷天韻風騷地微笑站起身，擺動曼妙的身體往後方跑去，我們的視線被馬車擋住了，紛紛繞過圍欄追到那處，天韻早已不見蹤影，看來從暗門逃離了。

原以為綺淇會戲劇性地對天怒吼，她卻出奇地靜默，我把視線移向她，才發現她生氣得緊握拳頭，身體微微發抖，極憤怒的氣勢相當儡人，我怕得急急吞下原本準備好的安慰說話。

「Cole、里奈，唔好意思，」未幾，綺淇深呼吸一下，作出決定，「我去追天韻，Octivia 會帶你哋去正門。」

我們三人同時一怔。

天韻落荒而逃只有兩個可能性：一，樂園逐漸失守；二，她想把綺淇引到另一個場地。

限定拉麵

來到商店街接近樂園正門的這一端，明明只是過了大半日，此刻再回到這裡，感覺簡直恍如隔世。回想今早我們一行八人到達這裡，先後去了水上樂園、動物園區、鬼屋區，最後經機動遊戲區來到正門，如此順時針地繞了整個廢墟樂園一圈，令人有到訪無間地獄的錯覺。

Octivia 跟綺淇暫別後，顯得有點恍神，她解釋原本她們要先把我們送到安全地點，才找天韻算帳。天韻突然的出現讓綺淇不顧一切去追，Octivia 擔心會是陷阱。

我也認為綺淇這樣單人匹馬地去追天韻有點不智，既拿自己的性命冒險，同樣也無視了灰蝶派給她的救人任務。我直言道：「無咗綺淇，你又同我哋一樣傷得咁重，如果再遇到好似 Doctor Monster 呢啲對手，就算我哋三個加埋都搞唔掂。」

到時只怕綺淇想找天韻報仇不成，又害了 Octivia 和我們。不過設身處地地想，倘若讓我遇上殺害親人的仇人，也會跟綺淇一樣去追天韻吧。

　　樂觀的里奈指向看得見的古堡風格正門，雀躍道：「唔使擔心啦，我哋到喇！」

　　看著這個親愛的正門，憶起白天亡命賽跑時我們也急著向它衝刺，只是現在傷痕累累，難以奔跑。

　　Octivia 的表情鬆懈下來，「正門外面咪有一篁空地仔嘅，你哋一行出去，就會有人帶你哋去安全地方落腳，佢哋會講之後嘅安排。」

　　見里奈顯得有點猶豫，Octivia 補充道：「你放心，如果你哋唔想加入我哋，我哋會幫你哋隱姓埋名咁過日子。無錯，你哋唔可以再好似以前咁生活，但起碼保返條命。」

　　我問：「你唔同我哋一齊走？」

　　「我要過去搵綺淇。」她攤攤手，「而且你都見到啦，呢度嘅事未完，佢哋好需要我。」

　　商店街這裡顯然是雙方激鬥的場地，本身已經夠殘破不堪，現在連照明系統都被破壞，只靠著四周佈滿零星的小火光看路。更糟的是，在我們對話期間，身邊有不少人在追逐扭打，混亂得分不出哪些人是園方，哪些是灰蝶。

　　「唔使理其他人，」Octivia 反而一副理所當然的神色，「灰

蝶嘅成員要做完各自嘅任務先會幫其他人或者解決私事，依家我要救你哋出咗去先。」

里奈難以置信地打量四周，「呢度搞到咁，警察無理由唔理㗎？」

Octivia 淡淡説：「嚟咗啦。」

我説：「咁佢哋點會仲……」想到她們提過警察也是園方一份子，我便沒再問下去。

「行啦，」Octivia 推推我們，催促道：「呢度嘅事瞞唔到幾耐，好快就會有其他人趕過嚟。」想必灰蝶和樂園想趁事件曝光前打倒對方，然後逃之夭夭。

我們三人拖著疲憊的身軀，一邊躲過別人的攻擊，一邊向著正門進發。可是忽然有五名小丑擋在我們面前，我們見躲不開只好奮力迎戰。在扭打期間，又再多幾個人從旁邊湧過來，最後更合力把 Octivia 捉走！

「Octivia！」里奈驚呼，不經思索便追了過去。反而我望望她們消失的轉角，再不爭氣地望望近在咫尺的樂園正門，才嘆了口氣趕去轉角。一路保護我們的 Octivia 有難，當然沒道理拋下她不顧。

我們還沒意識到，此刻作出的抉擇，奠定了以後的路。

商店街轉角後的小巷裡，有光線從其中一道店門透出。剛才抓 Octivia 的幾名男女從店裡衝出來，跑回大街的方向，是要把更多人抓回店內嗎？

店外吊著一大個用毛筆字寫上「豚骨」的紅色紙燈籠，上方有個刻有「博多ラーメン」的木製牌匾，木拉門外掛上門布簾，一看就知道是拉麵店。樂園內有餐廳不出奇，不過拉門內進後我瞬間呆住。

拉麵店的樓底非常高，燈光昏暗、擺滿圓餐桌和鐵椅子，最裡面設有一個小舞台，昔日這裡原本應該是小型表演場地或駐唱酒吧才對。這說明門外的擺設經後期改裝過。

讓我呆住的是台下居然擠滿了觀眾，彷彿不管外面如何紛亂危險，也要待到最後一刻似的。如果他們知道剛才旋轉木馬有表演，想必早已衝過去了。他們瘋狂地吶喊拍手，即使我加入吵鬧雜亂的人流中，也沒多注意我。我火速從人群中找出里奈的身影，她正悄悄接近舞台。

被聚光燈集中照射的舞台上，我最先看到的是一名綁頭巾、穿圍裙、一身拉麵店師傅裝扮的小丑面具人。然後看到全身被麻繩牢牢綑綁著的 Octivia，站在一旁掙扎，想擺脫他的魔爪。

最不妥的，是剛剛被推出來的巨型機器。這種接上電源的機器於街市的肉檔很常見，可是，現在在台上的，卻是放大了好幾十倍的版本。不鏽鋼機身的它，頂部有一個很大的漏斗，輸出口裝了一大個圓型不鏽鋼片，上面有多個讓密集恐懼症病人極討厭的小圓孔。

一台大型絞肉機！

我的身體頓時僵硬，這台東西無疑是用來置Octivia於死地！

「呢部機係特製過嘅，」台上的師傅透過頭戴式無線咪高峰，指著Octivia和輸出口以陳述的語氣說話，「將佢捉入去絞碎後，混合麵粉同調味料，啲肉就會喺呢度流出嚟，再經我哋煮熟之後配上濃厚嘅豚骨高湯，一碗『夢幻樂園限定拉麵』就誕生喇。」

天啊，他們要把Octivia絞成肉條，當成是拉麵麵條！此際，我腦袋無法自控地浮現在酒樓吃火鍋時，那透明塑膠袋包裝的「唧唧魚麵」擠出來的瞬間……

聽罷里奈愕一愕，擠開人群加快腳步，卻被台下另一名「拉麵師傅」攔住。

可惡！休想碰我的里奈！

我顧不得會引起大家注目，馬上亮出小刀衝過去時，才發現

原來大部分人手上都持有武器。我沒空研究他們是貴賓還是園方的員工，我的目標只有一個：和里奈合力救出 Octivia。

「落好單咁我哋就開始喇！」台上師傅將 Octivia 推去絞肉機旁的樓梯，往上踏⋯⋯

不、不、不！！！！

里奈一巴掌打在台下師傅臉上，反而惹得他興奮地仰天大笑，緊接著她朝他先劃出刀光。

台上師傅繼續把 Octivia 推上小梯，我火速上前。

羽化成蝶

「行開呀！」無奈我與舞台的距離太遠了，儘管我已經出動小刀邊推開觀眾衝過去，還是來不及。

Octivia 最終被師傅逼上樓梯頂端，然後推落漏斗。在這之前，好像有那麼一刻發現我們，對我微微點了點頭，無聲地呢喃幾個字，眼神一如以往的友善溫煦。

我不曉得她想說甚麼，只見她即使被牢牢綁著，還是能以她的方法，逼使台上師傅跟她一同跌入漏斗中。

「Octivia！呀！！！」里奈淒楚的聲線，叫得沙啞。她的雙眼紅了起來，用盡全力對台下師傅亂打亂踢。

然而，一切都挽回不了。

Octivia 和師傅整個人沒入漏斗後，機器旋即傳出極吵耳的摩打轉動聲、「咔喇咔喇」的骨折聲，還有他們的慘叫聲。即使如此，台下無人打算或嘗試營救師傅或 Octivia，觀眾們的情緒反而更加高漲、更加熱血沸騰。人們推來推去想要衝到台上，有人跌倒在地上被其他人踐踏，場面剎那間變得更混亂不堪。

可以的話，我早就衝過去狂毆師傅，然後在 Octivia 被推落前跳到台上挽回這一切，只可惜我們的能力不及，不，我的能力不及⋯⋯

我無法相信眼前的事情，可是當機器的輸出口開始滴出血水，接著吐出一條條肉條後，我赫然體會到，生命在一息間逝去，來不及道別，甚至來不及婉惜，剛才明明守在我們身邊的 Octivia，卻永遠離開了⋯⋯

不甘，很不甘。綺淇不是說過，園方所作的惡行，最終會統統報應在他們自己身上嗎？諷刺的是，Octivia 犧牲一切加入灰蝶，最後卻落得如此下場。我看著眼前的絞肉機，退縮之意在我的內心不斷變得壯大。

「Cole！」見我快要到達台下，里奈向我大喝一聲。

幸而有里奈，使我猛然想起綺淇的話：「黑暗，總會有衰弱
嘅一日」。對，我要堅持下去！

我馬上重整心情，把刀插進師傅的背，他叫了一聲，身子一
縮之勢順便將里奈推倒地上。他摸摸背後的血，生氣地轉身瞪向
我，連打鬥時弄跌的面具也不顧。糟了，我唯一的武器現時正在
師傅的背上。

更糟的是，里奈的狀態：披頭散髮、衣領被翻開和短裙被扯
破一角，露出雪白的大腿。她站起身，漲紅的臉上燃起從未有過
的兇猛火焰，弓著身體不停喘氣，眼神非常不妥，也非常熟悉，
那時綺淇怒瞪天韻，我也見過這種盛怒的殺意。

此際，Octivia 生前對里奈的一席話言猶在耳：「如果我哋喺
另一個情況相識，可能已經做咗好朋友。」那時 Octivia 的臉上，
同樣也浮現幾分平靜和藹，像是能包容世間萬物的氣度。

我後知後覺地明白了。她被推下去之前，給我的眼神，是表
示要與台上師傅玉石俱焚，替我們減少一個敵人的瞭然……我握
緊拳頭，Octivia，我絕不能讓你白白犧牲！

台下師傅被里奈這麼一瞪，身子陡然抖了抖，但還是向我揮拳。

　　見狀我迎接他的攻擊，抽出他背後的小刀後，想再送他一刀時，卻被他掐著脖子。

　　里奈小步跑過來，拾起之前掉落地上的小刀，用力蹬地想刺向他的胸口。師傅的反應更快，立即放下我，雙手握著里奈的手腕，把她的刀奪了過來。糟了，師傅看來沒察覺到她現在處於異常狀態，打算留下來與她糾纏，這無疑更激起她眼底湧動的殺意。

　　師傅來勢洶洶地撲過去，里奈側身閃開後，一口咬向他持刀的手，逼得他不得不鬆手令刀子掉落。她爆發極大的力氣推倒師傅，騎到他身上，再次拾刀，捅進他的胸口，在他反應之前抽刀，再次刺入，紅腫的雙眼滲出陌生的刺骨寒意，這不是我所認識的里奈。

　　「停手呀！」我暗叫不好，大喝道。

　　在這之前，里奈才跟綺淇爭吵過，堅持不可以「以牙還牙」。可是，這刻因 Octivia 慘死而產生的愧疚、悔恨和不甘席捲里奈，撲滅了她唯一一絲理智，無法自控地遷怒於師傅。

　　「冷靜呀！里奈！」為免日後里奈會後悔，我趕緊上前拉開她。染污雙手的骯髒事，還是由我來做就好。

　　師傅抓著里奈的手腕，奮力推開她站起身。

人群洶湧地圍著我們，激動地搧動里奈：「捅佢！捅佢！」

「去死呀！呀！！！」里奈被仇恨淹沒，無視了我和身邊一切事物，瘋狂地亂刀攻擊師傅。

他這才意識到不對勁，負著傷轉身想逃，卻被里奈猛烈追擊，不支趴往地上。

我慌忙從後架著里奈，厲聲喝：「停呀里奈！佢死咗喇！」

她彷彿失去思考，全然被暴力殺戮的念頭支配。她掙脫開我，再次騎到師傅身上，拼命地快刀砍他。師傅的屍體已經血肉模糊，脖子也快要被斬斷了，換作是之前，里奈一定別過頭看都不敢看。

良久，怒火消散，她才緩緩停下動作，眼底的盛怒化為悲憤的淚水，倔強地凝在眼眶沒掉下來，垂下雙臂茫然地盯著師傅的屍體，毫不在意手上的刀子被我拿走。

圍觀的眾人見沒好戲看，散開之後把目光投回舞台，看似等待下一輪變態的娛樂。

我拉起面無表情的里奈，替她理好衣服準備帶她離開拉麵店。這時，外面有幾名持刀男子走進來，有些沒戴面具，有些戴了黑色口罩，他們飛快地打量四周後交頭接耳，然後分散開來，有目的性地走向場內某幾個人。

　　我扶著里奈一邊往拉麵店的出口走，一邊留意到他們接近的人，都是貴賓和小丑。其中一名持刀男經過我身邊時，輕輕拍了我肩膀，壓低聲說：「呢度交界我哋，你哋快啲走啦。」

　　我錯愕了一下，正想問他那是甚麼意思時，他已經頭也不回地走到店內深處。我只好扶著搖搖晃晃的里奈步出拉麵店，向正門進發。

　　沿路我察覺到園方和灰蝶的形勢漸漸變得微妙起來，不少小丑被人追趕著，紛紛退向樂園更中心處，已經沒有多餘的人手攔截我和里奈。

　　我們到達樂園正門，更發現圍著門口的木板已經被全數破壞，再也沒有囚禁我們的籠子了。沒有街燈，外面是黑壓壓的一片森林，依稀見到有些樹影和人影。很多口罩人從出口那處走進來，加入追殺小丑的行列。

　　出入口這區佔上風的明顯是灰蝶，可是樂園更深處的區域未必也如此。先前天韻往那邊逃跑，而不選擇經正門這邊逃出樂園，有可能是因為園方的主力集中於樂園中央，對她來說是安全的地方。

　　換句話說，那是搞破樂園的終極一役的地點，成敗就看那一戰。

　　對一直保持沉默的里奈說罷以上分析後，我感受到她的內心

正逐漸回復冷靜，空洞的雙眼總算得以聚焦，變得若有所思。

　　帶著她，我望望樂園的外面，再望回樂園更深處那方，最後嘆口氣，還是選擇走到樂園的出口前。我回頭向里奈伸出手，火光在她身旁搖曳著，映出宛若洞悉一切那清明的灼灼眼神。

　　她牽著我的手，沒有選擇隨我離開樂園，反倒輕輕施力拉回我。泛白的嘴角緩緩上揚，她漾起釋懷的動人微笑，火光落在她臉上，讓笑容更顯朝氣。

　　里奈這個正氣凜然的眼神，與綺淇無比堅定的眼神，在我的腦海裡重疊在一起。綺淇是因為親人被殺，所以背負起灰蝶的使命，而里奈何嘗不也是因為失去朋友的自責，令她頓然明白一些事情，不，應該是說，令她接受現實才對。

　　當黑暗變得愈來愈強大，光明難以抗衡，這時候，為了對抗黑暗，不得不以黑暗的手段消滅黑暗。

「多多指教，Cole。」

那一瞬間，萬物俱寂，唯獨聽見她如是説。

你聽説過嗎？

Nara Dreamland

奈良

夢幻樂園

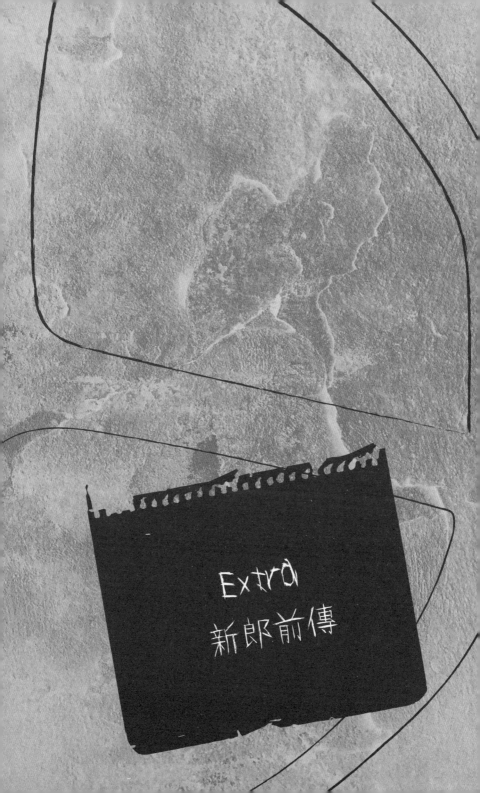

Extra
新郎前傳

夢中之情，何必非真——《牡丹亭》

「究竟係邊個，殺咗佢哋呢？」日本某個夜間清談節目的女持人，擠出沉重的臉色，與嘉賓討論和歌山縣有田川町的一宗兇殺案，案中佐藤一家四口證實死亡。

由於屍體的死狀不尋常，加上案發地點位於遠離市區的寧靜小鎮，兇殺案令當地居民陷入恐慌，傳媒更以「和歌山滅門血案」來形容該案，網民於網絡上展開「誰是真兇」的熱烈推理。

警方於案發地點兩公里外的樹林裡，找出涉事家庭中長男的遺體。經一輪調查後，警方將他列為該案兇手，犯案後上吊自盡。

以上是事件的一部分，眾人不知，鈴木瑛太才是案件的男主角。

瑛太剛通過國家的醫學考試，下個月就能以研修醫生的身份，在奈良的醫院工作了。和歌山縣發生兇殺案的幾天前，他剛好駕車觀光，沿途於有田川町吃午餐。遇上被滅門家庭中的幼女佐藤和紗那一瞬間，展開了慘劇的序幕，改寫了他們的命運。

穿著中學水手校服、頭髮束成可愛雙馬尾的和紗進入餐廳，熟絡地向老闆點餐，「午安呀，今日都係食鯖魚定食呀唔該你。」

「今日咁早放學呀，和紗，」老闆露出一臉慈父模樣，對她親切地微笑，「你坐一陣啦，好快就食得㗎喇。」說罷他回到廚房

準備。

坐在一角的瑛太，原本正想離去，卻被一種突如其來、強烈的似曾相識的感覺，震撼得一時間動彈不得，即使很失禮，還是不能自控地直盯在他鄰桌坐下來的和紗。

白皙而吹彈可破的皮膚，正值少女時期的和紗有著清純羞澀，但讓瑛太感到熟悉的，是她獨有的氣息。到底在哪裡見過她呢？

自踏入餐廳後，和紗便感到有人強烈地注視她。有田川町裡其中一個小鎮上，居民只有十戶人家，她一眼便認出店裡的另一個客人是從外地來的。

簡約地穿了白色襯衫及休閒褲，舉手投足散發一股優雅的知性，和紗覺得這個長得俊美的男生似是某大城市知名大學的畢業生。

不小心與她的雙眼對上，瑛太的身體微不可見地怔住……新娘！他記起了！被他遺忘的某個甜蜜夢境裡，有他的新娘，而眼前這個中學生，很可能正是新娘。

夢裡新娘的臉很模糊，中學生看他的眼神也不像認得他，總不能問她是否在他的夢境出現過吧。莫非，只有二人一同熟睡，才能進入夢境相認，延續那場幸福的婚禮？

瑛太搖頭苦笑，看來自己快被學業及事業壓力搞垮了。儘管

Extra 新郎前傳

他活到現在，唯獨在夢中的短短一剎那找到真正的戀人，可恨的是，他想不到方法去證實面前的中學生就是新娘。

殊不知正是這個帥氣的笑容，引得和紗衝他點頭一笑，這鼓勵瑛太大著膽子向她搭訕，「你個名係和紗？好好聽呀。」

她的臉登時刷紅，「多謝呀。」

「頭先聽你同老闆點餐，好似成日食鯖魚餐咁，你好鍾意食魚？」瑛太盡量自然地展開話題。

儘管是陌生男子，他長得實在太像她喜歡的偶像明星了，無論他說甚麼，和紗都很樂意與他聊天。她笑著回答：「係呀。」

「我哋東京人好鍾意食一種深海魚，你有無聽過『鮟鱇魚』？」他問。

原來他來自東京，怪不得髮型及衣服都很富潮流感。她好奇地問：「鮟鱇魚有咩咁特別？」

「卡通片不時出現一種惡魚，個口又大又多長尖牙、個身圓圓地、頭頂有支類似釣竿嘅燈，呢種就係鮟鱇魚。」瑛太輕輕一笑，眼底卻掠過一絲淒美，「唔好睇佢哋咁醜樣，其實佢哋好浪漫㗎。」瑛太想把話題扯到愛情上。

　　和紗覺得話鋒轉得有點突然，不過他一臉斯文平和，應該不是壞人。她順著問道：「乜啲魚識得咩係浪漫㗎咩？」

　　瑛太有點失望地瞥了她一眼，很快回復正常，「我印象中睇過一個介紹海洋生態嘅電視節目，入面提到，雄性鮟鱇魚大半生喺淺水區生活，而雌性就喺深水區，兩者從未見過一面。但到雄性成年後，就會潛落深水區搵佢嘅終生伴侶，由於唔習慣深水區，好多雄性喺未搵到雌性前就死咗。」他頓一頓，凝望和紗的雙眼，「而堅持落去搵到雌性嘅雄性，會附上雌性嘅身體，慢慢二合為一，自此兩者密不可分，雄性靠住雌性嘅營養過活。」

　　瑛太的語氣及眼神，霎時透出一種說不出的奇怪，和紗想終止對話，何奈不知怎麼開口。見她不搭話，瑛太的表情忽地寫滿興奮，雀躍地進一步說：「你依家明白魚都可以好浪漫啦，即使冒住生命危險，鮟鱇魚仍然會勇於搵佢嘅唯一。」

　　說罷，他柔情地看著和紗。你明白嗎？我也正努力尋找我的唯一。

　　儘管和紗的戀愛經驗很少，但至少也懂得分辨「暗戀」及「相戀」，而瑛太口中的浪漫愛情，聽起來更像是「畸戀」。

　　面前這男生愈是溫柔，她愈是抗拒，畢竟兩人才第一次見面，他看她的目光太不正常了吧？她終於忍不住，生硬地站起來，急急道：「唔好意思呀，我忽然醒起媽咪煮咗我飯呀，我返屋企先喇，拜拜。」

311

Extra 新郎前傳

「大叔，唔好意思呀，」她轉身向廚房大喊：「我有急事要走先，唔食喇。」丟掉這句話她匆忙地挽起書包跑出餐廳。

瑛太黯然地看著她的背影。太急進了⋯⋯她完全忘記了新郎的存在，要讓她記起不能操之過急。他悄悄離開餐廳，跟蹤和紗直到她的住處。

除了和紗，當地無人記得瑛太曾經來過。這裡久不久便有遊客到訪，大家都不會太在意外來客。連和紗自己，也意想不到瑛太仍未離去。

和紗的住宅附近是一片森林，要到幾公里外才有另一戶人家，很適合作暗中觀察。她家中有年老的爸爸、媽媽及哥哥，連同和紗，一家四口住在一起。哥哥是隱蔽青年，長期躲在房間裡，靠父母放在門外的餐食維生⋯⋯總結是，佐藤這一家很適合很下手。

遇見和紗幾日後的一個夜晚，瑛太準備實行計劃。

瑛太辛苦地完成了大學醫學部的六年學業生涯，更成功通過國家考試，當然不會放棄大好前途。他只是想運用一些專業知識，於晚上時分迷暈佐藤一家，然後戴著面具爬進和紗的睡房裡，跟她靜靜地一同進入夢境而已。按計劃進行的話，他們一覺睡醒後，全然不知道瑛太曾經來過。

為了愛情，這一點點險是值得冒的。

「和紗，係我呀。」瑛太蹲在床旁邊，嘗試推了推她，見她仍一動不動，確定藥物已發揮作用，便索性爬到床上，擠在和紗身旁，「我嚟喇，等我呀。」

瑛太不會做出任何越軌的行為，單純地抱著她，閉起雙眼小睡一會，期望與她於夢中相會。有時，現實殘酷得有點不真實，反而那個幸福的夢境，才讓他能喘息。

凌晨十二時，瑛太在沒有作夢的狀態下，被自己設定的鬧鐘聲吵醒。幸好早有兩手準備，他從背包掏出毛巾，沾了液體湊到和紗的鼻子，不一會見她有醒來的跡象，瑛太便坐在床邊屏息以待。

「嗯……」和紗朦朧地醒來，發現有人在半夜闖入睡房，嚇得雙眼圓睜，沙啞地尖叫，「你、你係邊個呀？」

「你唔認得我？」瑛太忍著脫掉面具的衝動，「噓噓，唔使驚㗎，我唔會傷害你㗎。」

「你想點呀？爸爸！救我呀！」和紗沒把面前的人與幾日前遇到的瑛太聯想在一起，只意識到他身上有危險的氛圍。

「我用藥整暈晒你全家人，」瑛太耐著性子解釋道：「你啱啱應該只係無意識，而唔係瞓著咗，所以我整醒你，希望你可以自然咁瞓著，我先可以喺夢入面搵你。」

Extra 新郎前傳

　　連瑛太自己都覺得這番話很匪夷所思，但他暫時只想到這個辦法找出新娘。和紗只聽見他第一句話就失了方寸，嚇得全身劇烈震顫。

　　「救命呀！有無人呀？」她轉身想跳下睡床，跑出去求救，卻被瑛太從後抱著，「呀！放開我呀！」

　　起初沒察覺，瑛太從和紗的吼叫聲裡，漸漸聽見一把很柔弱動人的呼喚聲：「新郎……新郎……」

　　瑛太的心跳驟然加速，是心動的感覺！

　　「新、新娘？」瑛太強硬地將和紗的身體掰過來，看著她的正臉驚喜地問：「係咪你呀？」

　　和紗愣一愣，掙扎得更是用力，「唔係呀！你認錯人喇！放我走呀！」

　　瑛太卻聽見「新郎……放我出嚟呀……」，緊張得搯著和紗的雙臂搖晃她，淚水凝在雙眼，感動地說：「我就知係你！我要點先見到你呀？」

　　掙扎中，和紗不小心撥開了瑛太的面具，認出這張漂亮的臉，幾日前在餐廳遇上那個古怪卻帥氣的男生！

憑和紗抗拒的眼神，瑛太已經確定和紗不是新娘本人，真正的新娘被困在和紗的身體裡。亦從此刻起，瑛太知道已經無法回頭，他的行為也開始失控。

他大力地將和紗推往床上，隨手找了些衣物把她的四肢綁在床的四角，並沒有打算做甚麼，純粹避免她逃走，好讓他慢慢思考如何處置她。

「唔、唔好咁對我呀！」和紗卻誤以為他有非分之想，叫得更是聲嘶力竭。

瑛太發現，隨著和紗叫得愈是痛苦大聲，新娘婉約的聲音愈見明顯清晰。他喜形於色，騎到和紗的腰上，不停擰痛她的四肢，想多聽聽新娘的聲音。

直到和紗身上出現多處瘀青，直到……瑛太聽見房外傳出聲音。

屋內有人提早醒來，他將衣物塞往和紗嘴裡阻止她發出聲音。站在門口，他的雙眼閃爍不尋常的光芒。

窮我這麼多年才找到一生最愛，現在誰阻止我去見新娘，我便消滅誰——這個想法種在他的腦海裡，揮之不去。

經過客廳他拿起砍柴鐮刀，前往聲音來源，記得那是和紗爸媽的睡房。推開房門，和紗爸爸仍在床上躺著，瑛太勾起嘴角，

Extra 新郎前傳

探身看去躲在門後的和紗媽媽。

「捉～到～你～喇～！」瑛太無比興奮地嚷道。

「呀！」和紗媽媽用硬物攻擊瑛太的頭部，見他頭破血流，登時嚇得目瞪口呆，「點、點解……？」大概不明白這個陌生男子為甚麼會傷害他們。

瑛太略皺眉，砍柴鐮刀劃破了寂靜的空氣，剎掉和紗媽媽擋刀的幾根手指。沒多加考慮，他很自然地再次抬刀，一下子便割破她的喉嚨，好像他練習過用刀殺人很多遍似的。

他轉身以用同樣手法解決仍未恢復意識的和紗爸爸，弄得整張床及一身皆是血。臨離開前經過門口，他垂下頭注視和紗媽媽的斷指——那根戴了婚戒的無名指很眼熟，像極……新娘的手指！

他毫不嫌血腥撿起無名指，放進口袋，臉上滿足的笑容跟小孩子吃完糖果一樣天真無邪。他覺得自己的行為並非衝動使然，相反，他愈來愈清醒，他終於知道要怎麼做才能與他的新娘見面了。

為了一生一世的愛情，他認為接下來的事很值得去做。在瞬間的思考間，他已經有了計劃。這樣做的話，未必查得出他是兇手，畢竟他的生活與和紗毫無交集，沒有殺人動機，而且知道他來過的人……將會全部成為屍體。

他到和紗哥哥的房間，先把他綁起來。

握著廚房刀，再次站在和紗面前，瑛太彷彿變成另一個人似的。微長的頭髮亂成一團，全身沾滿血液，眼神更是莫名狂喜的熱情，盡是深愛及迷戀的目光。

見和紗想説話，瑛太拿走她嘴裡的東西。她愕然地喃道：「佢哋、佢哋……」她不敢問下去。

「佢哋死晒喇，」瑛太無奈地聳聳肩，「暫時留返你哥哥條命。」

徹底的絕望襲向和紗，一夜之間失去家人，她無力地問：「點解……要咁對我呀……？」

「一開始我以為你就係新娘，」他蹲下來，雙手趴在床上。月光混合夜色灑落他蒼白的臉上，泛出淡藍而神秘的幽光，美得好像一幅會動的畫，「依家我明白搞錯咗啲咩喇，新娘係需要附身喺一個完美嘅身軀，先可以降臨世上。」

和紗沒有一個字聽得懂，她只明白一件事：他、是、瘋、子。不是喜歡她，不為強姦她，也不為金錢，純粹為了她的身體，不惜殺害她一家人。

「求下你……唔好……唔好殺我呀……」大概意識到自己即將被殺，和紗啜泣著懇求。

瑛太嘴巴再次弧起俊美的角度，伸手撫摸她的臉，「你放心

317

啦，我會輕手㗎。好快，我哋就可以組織一個幸福家庭喇。」

不等她回應，瑛太站起來，脫去她所有衣物，打量哪一部分才是新娘所需的。纖細的手臂及小腿看起來很完美，就要她的四肢吧。

見到瑛太舉起廚房刀，和紗不能再抑壓恐懼，她哭喊著扭動身體，悲慘地哀號：「求下你放過我呀！求下你呀！」

瑛太用力砍去和紗的肩膀，刀刃陷入骨頭便停下，此時她吼叫至破聲，身體痛得無法郁動，「呀！！！停手呀！」

「新郎，你終於嚟搵我喇。」新娘在瑛太的耳邊輕吐了一句話。他覺得她的聲音是全世上最曼妙的救贖，宛如彈指之間，便能消除他所有壓力：家人對他的期望、同學之間的無形競爭及比較、教授的無情指摘……

「係呀！我過緊嚟喇！」瑛太的雙眼明亮起來。

瑛太把刀架在和紗手臂與肩膀中間的關節位上，另一手置於刀背上用力拍幾下。「咔咔」數聲後，整支手臂脫離她的身軀。

血花像是煙花綻放地噴灑四周，瑛太俊美白皙的臉沾上一點點血點，愉悅地笑得燦爛，與他正在進行的變態肢解極不搭配，形成一個矛盾詭異的畫面。

「吓？大聲少少，聽唔清楚。」他對著和紗逕自問。

這時一臉慘白的和紗早已停止吶喊，陷入了昏迷狀態。身體怪異地沒了手臂，傷口的切口正急速地湧出血液。

瑛太將她手臂與身軀之間相連的血管及肉割斷，再講究地「修剪」手臂的切口。唸醫科的他早已習慣處理血淋淋的東西，他面不改容地砍掉和紗餘下的肢體。

當血液滲透整張床單時，和紗忽然全身猛烈抽搐、雙眼反白、口吐白沫，瑛太認出這是臨死前的癲癇發作，這說明和紗即將因失血過多身亡了。

因和紗的猛烈抽搐，床架與地板發生碰撞，弄出頻繁的「嘭嘭」聲，十分刺耳，彷彿一下一下地打入人心。

——打入瑛太的心，這是新娘在他耳際的撒嬌，惹得他笑盈盈地回應：「會呀，行完禮新郎我一定帶新娘你去度蜜月㗎。」

新郎瑛太看著整齊排列在和紗身軀上，那兩條手臂及兩條小腿，柔和的雙眼閃出灼灼的色彩，「仲差少少，新郎一定會嚟接你㗎，等我呀。」

接下來新郎忙碌地進行一連串善後工作，包括消滅自己曾來過的證明、用他們家的車，把和紗哥哥載到幾公里外的樹林裡，

將他弄成殺人後自盡的假象。

　　傳媒是一個很奇妙的存在，他們不在意事實的真相，只在意能吸引大眾的「真相」：「隱蔽青年不滿父母追問他何時找工作，於一夜之間，發狂殺死全家人後自殺。」，然而卻沒有人關心佐藤家裡冰箱的冰塊全數失蹤，亦無人理會有人偷走了幾個大塑膠袋。

　　只有警方知道。但在案情陷入膠著狀態、沒其他嫌疑犯及公眾壓力下，不得不以讓人最能接受的「真相」來結案。相反，若然以神秘兇手仍逍遙法外為結論，警方將代替和紗哥哥成為千古罪人。很多時，比起事實，大家情願閉起雙眼相信自己接受到的事情。

　　大部分人包括以往經常接觸和紗、一臉慈父模樣的餐廳老闆，對外說著為失去和紗感到婉惜，每晚回家跟妻子談論的，卻集中在和紗哥哥有多變態，並且慶幸兇手已經身亡。無論在哪個國家，大眾傾向關心事情對自己的影響，而不在於事情的本質。警方固然明白這一點，反正過幾日又有新的事情發生，再次蒙蔽大家雙眼。

　　唯獨國際刑警仍死心不息地暗中徹查。要不是 Miya 收到匿名告密信，知道聖地牙哥鬼屋那班幕後黑手轉移陣地到日本、正策劃下一場屠殺，她也不會追隨天韻的腳印來到和歌山縣。

　　「唔通鈴木瑛太先係兇手？」和歌山滅門血案曝光的幾天後，一襲低胸上衣、緊身牛仔褲，散發著成熟女性美態的 Miya，苦惱地盯著警方的內部文件呢喃，雙眼映出正氣和幹練。

　　警隊有內鬼。到底是誰插手，將瑛太的名字從嫌疑犯名單抹走，又為甚麼要這樣做⋯⋯來回打量瑛太和天韻的照片後，Miya展露一個瞭然的笑容，「原來係想招攬新丁。」

　　其時，天韻已經帶著新郎消失無蹤了⋯⋯

　　新郎神情恍惚地在吵雜的大街上遊蕩，誰也沒注意到他正自言自語。有了尋找新娘這人生目標當然開心，問題是帶著和紗的手腳在身邊，一時間不能回老家或自己正居住的學生宿舍。

　　新郎正盤算著如何賺錢、提早到即將任職的奈良醫院附近租地方住時，眼前驀然出現了一名女生，像在陰沉的黃昏天色下拉起光幕一樣，耀眼地亮在他面前，向他伸出手。

　　有著典型眼大臉尖的美人臉、身穿白色背心、個子不高的她，大方地展示嬌人身材。雖然她說得一口流利日文，可是他一眼便辨出她不是日本人。

「多多指教，新郎。」

那一瞬間，萬物俱寂，唯獨聽見她如是說。

《你聽說過嗎？奈良夢幻樂園》
全書完

光明無法徹底打敗黑暗，反之亦然。

故事告一段落，同時也代表下一個故事的開場。有如人生一樣，由眾多個小故事所交織而成。

里奈在故事裡，代表著典型的英雄形象：見義勇為、路見不平，拔刀相助，只做「正義」的事，若你有留意，不難察覺即使身於樂園這個殘酷異境，她仍能保留一絲人道主義，直到最後的「醒覺」前，仍然沒有殺害任何一個人。然而，這種聖人般的堅持，看來有點離地。

綺淇的出現，便是里奈的對立點。兩人相同的地方，是她們都堅持要做正義的事，算是代表光明一面，可是做法不同。綺淇比較偏向是「反英雄」的角色，她以暴易暴、無視法律、動用私刑、有報仇的私心，即使有著這些反派角色的行為，卻有英雄的氣質和崇高的理想。終究，世界上沒有絕對的光明或黑暗，綺淇可說是亦正亦邪的人物。

要對付樂園這伙人，確實不能溫和地向他們說教講道理，法律也在這黑暗勢力面前顯得無力。Octivia 提及過，以暴易暴的重點不在於「報仇」，而是「阻止」。尤其行走於善與惡的模糊交界中，光靠原諒、「以德報怨」未必能夠解決問題。藉著 Octivia 慘死的衝擊，里奈總算明白自己再也無法堅持「英雄」的做法，這也

是她最後決定不逃離樂園，而留下來加入灰蝶的原因。

諷刺的是，即使採用了黑暗的手段去對抗黑暗，還是無法完全消滅樂園這伙人。一如聖地牙哥鬼屋被搗破後來到奈良夢幻樂園，他們仍能逃去其他地方。光明與黑暗並存，光明無法徹底打敗黑暗，反之亦然。儘管無奈，唯有繼續堅守光明這一方，黑暗總會有衰弱的一日。

不知道讀者們有沒有留意到，里奈「覺醒」的場面，跟《聖地牙哥鬼屋》中綺淇替弟弟報仇那刻的「覺醒」，有些異曲同工之妙呢？里奈和綺淇二人，都是親身經歷過悲劇之後，才明白一些道理，所以於局外人來看，不一定會明白或贊同灰蝶對付園方的做法。

承上，其他情況下，以暴易暴確實不是最有效的做法。引用尼采的名句：「與惡龍纏鬥過久，自身亦成為惡龍。」這也是里奈先前想表達的一點，她認為以暴易暴的同時，其實自己已經落入黑暗。而且長期下去，自己可能會變得心理不平衡，更陷入殺人如麻的泥沼。

舉個例子，對於一個十惡不赦的罪人，該囚禁他、要他餘生活在罪疚感裡，還是該判他死刑？哪種對他才算是真正的懲罰？後者看來是一下子就結束生命，不用再受苦或良心責備，說不定

更成為罪人解脫的救贖呢。所以在此強調，以暴易暴只適用於本故事這種不得已的情況，大家處理問題還是先以和為貴的好。

不曉得讀者們喜歡主角 Cole 和里奈嗎？我倒是愈寫愈有好感，尤其里奈這女生。在平凡的生活下，一如 Cole 在咖啡店初次遇上她，她看似只是個光有美貌，膚淺又有點矯情的女生而已。不過處於非常情況下，尤其當生命受到威脅，真正的人性才在生死關頭裡顯露出來：里奈的不造作和剛烈堅強、Cole 超出平常膽量的挺身而戰、Octivia 的捨己犧牲、彩香的醜陋自私。

而比起一般男主角應有的勇猛和能幹，抱歉地說，從 Cole 身上幾乎找不到。他面對敵人時，流露出的軟弱和驚惶失措，反倒有點灰諧，我寫他的時候偶爾也會會心一笑，有讀者甚至在網上連載時留言說，看他被敵人狂追時，有種難以形容的治癒感。不過，一如里奈所發掘到，儘管 Cole 一副懦弱無能的模樣，在關鍵時刻總能爆發勇氣極限。畢竟典型的全能主角，大多只出現於大銀幕上，Cole「親民」的人物設定，或者更貼近現實生活吧。

里奈一共對 Cole 說過兩次「多多指教」，分別在二人的初遇及故事結尾。雖然說著同一句話，可是里奈第二次說出這句話時，卻有一種轉變、蛻變的含意。包括他們的關係、成長及命運，加入灰蝶的他們，決定肩負起沉重的過去和使命，互相扶持著活下去。

　　而關於新郎前傳，大家留意到故事的開場白和結語，其實與正文互相呼應嗎？前傳和正文本身可算是光與暗的對立，若然說正文是 Cole 和里奈加入灰蝶、踏上光明之路，那麼，前傳便是新郎的成魔之路。如同先前所指，《奈良夢幻樂園》完結，亦是另一個故事的展開，關於以上兩股力量的下場最終會如何，恕我在此暫且留白。

　　最後，再一次感謝你們，陪著我繞了奈良夢幻樂園走一圈，希望你們能從文字間得到一點點得著，並希望藉著下一個故事，能再次與你們相遇。祝各位旅途愉快。

「堅守光明，

黑暗總會有衰弱的一日。」

點子網上書店
www.ideapublication.com

 壹獄蒞世界

 援交妹自白

殘忍的偷戀

殘忍的雙戀

 成為外星少女的導遊

含忍·死人的士佬

 成為作家其實唔難

 港L完

 信姐急救

 西謊極落

 公屋仔

 十八歲留學日記

 西營盤

 毒舌的藝術

 新聞女郎

 黑色社會

 香港人自作業

 精神病人空白日記

 婚姻介紹所

 賺錢買維他奶

 獨居的我，最近發現家裡還有別人

 五個小孩的校長 電影小說

 點五步 電影小說

 有得揀你揀唔揀

 This is Lilian

 This is Lilian too

 This is Lilian, Free

 空少儔乜易

 爆炸頭的世界

 股計 Secret

 天黑莫回頭

天黑莫回頭　　天黑莫回頭

 天黑莫回頭

 天黑莫回頭

● 《天黑莫回頭》系列

當世四大天王：
黎郭劉張（上）

● 《診所低能奇觀》系列

● 《詭異日常事件》系列

圖書館借來的　　　銀行小妹
魔法書　　　　　甩轆日記

● 《倫敦金》系列

HiHi 喇好地地　　我的你的紅的
一個人點知……

● 《Deep Web File》系列

向西聞記　　　　無眠書

● 《絕》系列

殺戮天國　　　遺憾修正萬事屋

你聽說過嗎？ **奈良夢幻樂園**
Nara Dreamland

作者	橘子綠茶
責任編輯	陳婉婷
美術設計	Katiechikay
製作	點子出版
出版	點子出版
地址	荃灣海盛路 11 號 One MidTown 13 樓 20 室
查詢	info@idea-publication.com
印刷	海洋印務有限公司
地址	黃竹坑道 40 號貴寶工業大廈 7 樓 A 室
查詢	2819 5112
發行	泛華發行代理有限公司
地址	將軍澳工業邨駿昌街 7 號 2 樓
查詢	gccd@singtaonewscorp.com
出版日期	2022 年 11 月 3 日（第四版）
國際書碼	978-988-79276-3-1
定價	$88

Printed in Hong Kong

點子出版
IDEA PUBLICATION

你聽説過嗎？
Nara Dreamland

奈良
夢幻樂園

See
You
Soon

點子出版
IDEA PUBLICATION

免責聲明：
本書所有內容與相片均由作者提供，及為其個人意見，
並不完全代表本出版社立場。書刊內容及資料只供參考，讀者需自行評估及承擔風
險，作者及出版社概不負責。

BOOK OF NO 3LEEP

無眠戶3